应急管理部新闻宣传司 编

2018年度
应急管理好新闻获奖作品

YINGJI GUANLI HAOXINWEN HUOJIANG ZUOPIN

应急管理出版社

· 北 京 ·

图书在版编目（CIP）数据

2018 年度应急管理好新闻获奖作品／应急管理部新闻宣传司编． --北京：应急管理出版社，2019

ISBN 978 -7 -5020 -7619 -1

Ⅰ．①2… Ⅱ．①应… Ⅲ．①新闻—作品集—中国—当代 Ⅳ．①I253

中国版本图书馆 CIP 数据核字（2019）第 137338 号

2018 年度应急管理好新闻获奖作品

编　　者　应急管理部新闻宣传司
责任编辑　成联君
责任校对　姜惠萍
封面设计　刘　震

出版发行　应急管理出版社（北京市朝阳区芍药居 35 号　100029）
电　　话　010 -84657898（总编室）　010 -84657880（读者服务部）
网　　址　www. cciph. com. cn
印　　刷　北京建宏印刷有限公司
经　　销　全国新华书店

开　　本　710mm × 1000mm $^{1}/_{16}$　**印张**　13　**字数**　189 千字
版　　次　2019 年 8 月第 1 版　2019 年 8 月第 1 次印刷
社内编号　20192465　**定价**　98. 00 元

前言 PREFACE

2018 年是新时代应急管理事业的开创之年，是应急管理机构的组建之年，以习近平同志为核心的党中央立足我国灾害频发的基本国情，作出组建应急管理部的重大决策。应急管理部组建以来，新闻媒体围绕应急管理部重要活动、重大改革事件、重要时间节点，推出了大量新闻报道，涌现出一批精品力作，为推动应急管理事业改革发展、应急救援工作顺利开展营造了良好舆论环境。

为贯彻落实应急管理部党组关于应急管理新闻宣传工作的部署，激励和引导新闻工作者积极参与应急管理宣传工作，深入宣传应急管理工作进展成效，进一步提高宣传报道质量和水平，讲好应急人的故事，讲好应急管理故事，我们组织开展了应急管理好新闻评选工作。新闻媒体积极响应，热情参与，共收到报纸通讯社、广播电视、网络、摄影作品共 143 篇（幅），经过初选和专家终审，最终有 39 篇入选《2018 年度应急管理好新闻获奖作品》，其中特别奖 2 篇，一等奖 5 篇，二等奖 10 篇，三等奖 22 篇。

在此，衷心感谢新闻媒体对应急管理新闻宣传工作的大力支持，感谢记者朋友关注报道应急管理工作。同时，感谢评选工作中辛苦付出的各位专家学者和工作人员！

编　者

2019 年 4 月

目录 CONTENTS

特别奖

一等奖

/ 2018 年度应急管理好新闻获奖作品 /

二等奖

三等奖

CONTENTS | 目录

2018 年度
应急管理好新闻获奖作品

特别奖

2018 年度

应急管理好新闻获奖作品

2018 年度
应急管理好新闻获奖作品

【新华社】

习近平向国家综合性消防救援队伍授旗并致训词

——强调对党忠诚纪律严明赴汤蹈火竭诚为民 为维护人民群众生命财产安全英勇奋斗

■ 王沪宁出席　韩正主持

新华社北京 11 月 9 日电（记者邹伟、叶昊鸣）国家综合性消防救援队伍授旗仪式 9 日在人民大会堂举行。中共中央总书记、国家主席、中央军委主席习近平向国家综合性消防救援队伍授旗并致训词，代表党中央向全体消防救援人员致以热烈的祝贺。他强调，组建国家综合性消防救援队伍，是党中央适应国家治理体系和治理能力现代化作出的战略决策，是立足我国国情和灾害事故特点、构建新时代国家应急救援体系的重要举措，对提高防灾减灾救灾能力、维护社会公共安全、保护人民生命财产安全具有重大意义。国家消防救援队伍要对党忠诚、纪律严明、赴汤蹈火、竭诚为民，在人民群众最需要的时候冲锋在前，救民于水火，助民于危难，给人民以力量，为维护人民群众生命财产安全而英勇奋斗。

人民大会堂北大厅华灯璀璨，气氛庄重热烈。红色背景板上，“国家综合性消防救援队伍授旗仪式”字样分外醒目。500 余名身着新式制服的消防救援人员整齐列队，以昂扬饱满的精神状态等候仪式到来。

10 时 30 分，授旗仪式开始。全场高唱国歌。

仪仗队员护卫着中国消防救援队队旗，正步行进到主席台前。习近平向应急管理部消防救援总监黄明授旗。黄明向习近平敬礼，从习近平手中接过中国消防救援队队旗，持旗肃立。全场消防救援人员向队旗庄严敬礼。

随后，习近平致训词。他指出，长期以来，消防队伍作为同老百姓贴得最近、联系最紧的队伍，有警必出、闻警即动，奋战在人民群众最需要的地方，特别是在重大灾害事故面前，你们不畏艰险、冲锋在前，作出了突出贡献。改革转制后，你们作为应急救援的主力军和国家队，承担着防范化解重大安全风险、应对处置各类灾害事故的重要职责，党和人民对你们寄予厚望。

习近平对消防救援队伍提出 4 点要求。一是始终对党忠诚，坚持党的绝对领导，增强“四个意识”，坚定“四个自信”，全面贯彻新时代中国特色社会主义思想，坚定理想信念，坚决维护党中央权威和集中统一领导，坚决听从党的号令，永远做党和人民的忠诚卫士。二是做到纪律严明，坚持纪律部队建设标准，弘扬光荣传统和优良作风，严格教育、严格训练、严格管理、严格要求，服从命令、听从指挥，集中统一、步调一致，用铁的纪律打造铁的队伍。三是敢于赴汤蹈火，时刻听从党和人民召唤，保持枕戈待旦、快速反应的备战状态，练就科学高效、专业精准的过硬本领，发扬英勇顽强、不怕牺牲的战斗作风，刀山敢上，火海敢闯，召之即来，战之必胜。四是永远竭诚为民，自觉把人民放在心中最高位置，把人民褒奖作为最高荣誉，在人民群众最需要的时候冲锋在前，救民于水火，助民于危难，给人民以力量，在服务人民中传递党和政府温暖，为维护人民群众生命财产安全而英勇奋斗。

授旗仪式上，中共中央政治局常委、中央书记处书记王沪宁宣读《中共中央、国务院关于授予国家综合性消防救援队伍“中国消防救援队”队旗的决定》。

中共中央政治局常委、国务院副总理韩正主持授旗仪式。

参加授旗仪式的消防救援人员进行了集体宣誓，誓词为：我志愿加入国家消防救援队伍，对党忠诚，纪律严明，赴汤蹈火，竭诚为民，坚决做到服从命令、听从指挥，恪尽职守、苦练本领，不畏艰险、不怕牺牲，为维护人民生命财产安全、维护社会稳定贡献自己的一切。

授旗仪式后，习近平等亲切接见国家综合性消防救援队伍总队级以上干部，同大家合影留念。

丁薛祥、张又侠、陈希、郭声琨、王勇出席活动。中央和国家机关有关部门负责同志参加授旗仪式。

日前，根据《组建国家综合性消防救援队伍框架方案》，公安消防部队、武警森林部队转制，组建国家综合性消防救援队伍。这支队伍由应急管理部管理，实行统一领导、分级指挥，设有专门的衔级职级序列和队旗、队徽、队训、队服。

【中央电视台新闻中心】

永远做党和人民的忠诚卫士

——习近平总书记向国家综合性消防救援队伍授旗并致训词引起强烈反响

■ 央视记者：项飞　熊传刚　宋飞京　程琴　姚文利

【导语】

消防救援队伍是党和人民的“安全卫士”。中共中央总书记、国家主席、中央军委主席习近平昨天在人民大会堂向国家综合性消防救援队伍授旗并致训词，在全国消防救援队伍中引起强烈反响。广大消防救援人员表示，要以旗帜为指引，以训词为号令，认真学习贯彻领会习近平总书记训词精神，主动作为，勇于担当、不辱使命，永远做党和人民的忠诚卫士。

【正文】

组建国家综合性消防救援队伍，是党中央适应国家治理体系和治理能力现代化作出的战略决策，对提高我国防灾减灾救灾能力、维护社会公共安全、保护人民生命财产安全具有重大意义。习近平总书记的训词，着眼历史和时代的发展大势，站在政治和全局的战略高度，明确了国家综合性消防救援队伍的战略定位和使命任务，指明了前进方向。

【同期】湖北省消防总队总队长　张福好

我现场参加了授旗仪式，习总书记的训词让我们精神振奋，备受鼓舞。在新时代，党中央赋予了消防救援队伍新的历史使命，这对全面提高国家应急管理水平和防灾、减灾、救灾综合能力，保障人民幸福、实现国家长治久安意义特别重大，我们身负重任，使命光荣。

【同期】北京市海淀消防支队四季青中队二班班长 曾令东

我作为一名基层消防员参加了授旗仪式，让我倍感骄傲。虽然脱下了军装，卸去了警衔，但我依然坚定自己的选择和志向。国家的消防事业应由千千万万个我们来担当，消防员依然是我最热爱的职业。

【正文】

大家表示，习近平总书记亲自授旗并致训词，是消防救援队伍改革发展史上的重大历史时刻，是新时代全面加强消防建设的动员令。

【同期】应急管理部教育训练司副司长 刘克辉

习总书记亲自领导和推动形成中国特色应急管理体制，在总书记的直接领导下，组建国家综合性消防救援队伍框架方案顺利出台，还亲自审定队旗、队徽、队服和誓词。这都充分体现了总书记和党中央对这支队伍的亲切关怀和高度重视，我们所有消防救援人员都要认真学习贯彻训词精神，不辜负党和人民厚望。

【同期】吉林省四平市消防支队消防员 黄庆国

作为一名基层消防员，我们一定坚决听从习总书记的指挥、听从党的号令，换装不换本色，转制不改初心，对党的忠诚绝对不变，铁的纪律绝对不变，逆火冲锋的精神绝对不变。

【正文】

站在新起点，更待新作为。消防救援队员们决心以更加昂扬的精神状态、更加顽强的战斗意志，在应急救援实战中，践行总书记“敢于赴汤蹈火、竭诚为民”的殷切嘱托，在党和人民需要时，刀山敢上，火海敢闯，召之即来，战之必胜。

【同期】上海市黄浦区消防支队车站中队指导员 陈祥康

坚决把习总书记的训词贯彻落实到我们一线的消防救援工作当中，苦练精兵 提高本领，坚决当好党和人民的守护人，以高度的政治自觉和强烈的使命担当，奋力投身新时代应急救援事业中去，为人民群众营造更加安全的环境。

【字幕】金沙江堰塞湖抢险救援现场

【同期】四川省甘孜州消防支队白玉大队副大队长 寇量

我正在海拔 3200 米的金沙江堰塞湖核心区域参加抢险救援战斗。习总书记要求我们敢于赴汤蹈火、竭诚为民，时刻听从党和人民召唤，保持枕戈待旦、快速反应的备战状态，而此刻我们正是这种状态，在接下来的工作中我们将牢记总书记的训导和嘱托，坚决打赢金沙江堰塞湖抢险救援攻坚战。

【字幕】大兴安岭林区森林防火空中巡护

【同期】森林消防局直升机支队飞行员 郭胜

我现在正在执行大兴安岭林区森林防火空中巡护任务。作为应急救援空中力量的一员，我们要时刻牢记习总书记的嘱托，苦练本领、空中精飞，不断提升在夜间和复杂气象条件下的救援能力，努力打造一支国内一流、国际领先的空中应急救援力量。

一等奖

2018年度

应急管理好新闻获奖作品

2018 年度
应急管理好新闻获奖作品

【人民日报】

当好守夜人 筑牢安全线

解读人：应急管理部党组书记 黄明
采访人：本报记者 丁怡婷

《深化党和国家机构改革方案》印发近一月，多个新组建部门陆续挂牌，机构改革进入实质性落实和推进阶段。目前，机构改革工作进展如何？职责调整、工作衔接问题如何处理？本版今起推出系列报道，邀请相关部门负责人和专家解读机构改革探索，并介绍地方相关改革实践。

——编 者

近日，新组建的应急管理部正式挂牌。我国灾害事故多发，面对应急管理的专业性复杂性，如何积极稳妥推进机构改革？此次改革的方向是什么？具体工作进展如何？近日，记者专访了应急管理部党组书记黄明，回应社会关切。

把分散的资源和力量整合起来，形成统一高效的应急管理体系

记者：如何理解应急管理部的职责和定位？

黄明：应急管理部的职责定位很明确：防范化解重特大安全风险的主管部门，健全公共安全体系的牵头部门，整合优化应急力量和资源的组织部门，推动形成中国特色应急管理体制的支撑部门，承担提高国家应急管理水平、提高防灾减灾救灾能力，确保人民群众生命财产安全和社会稳定的重大任务。

机构改革能否如期到位、新组建部门何时步入正常运转，牵动社会各界的心。这是因为应急管理部负责的事务与群众生命财产安全息息相关，能不能经

得住历史和现实考验，事关群众切身利益。此外，新组建的部门整合了 9 个单位相关职责及国家防汛抗旱总指挥部、国家减灾委员会、国务院抗震救灾指挥部、国家森林防火指挥部职责，牵涉面广、改革力度大。

记者：应急管理工作面临哪些新形势？对此，应急管理部有何动作？

黄明：主要是两个“前所未有”：一是机遇前所未有。把分散于各有关部门的应急资源和力量整合起来，形成统一高效的应急管理体系，全面提升我国防灾减灾救灾能力，是我国应急管理战线几代人的梦想。通过深化改革形成这一体制，就是最大机遇。必须坚决支持改革、搞好改革，提高风险防控、抢险救援等各方面应急能力，实现应急管理体系和能力现代化，全力保护好群众生命财产安全和社会稳定。

二是挑战前所未有。工业化、城镇化快速发展过程中，也会带来高风险。如果防范不力，就可能酿成重特大生产安全事故和重大经济损失。我国自然灾害频发多发，如果防灾减灾救灾不力，就会给群众生命财产带来不可挽回的重大损失。同时，我国安全生产基础薄弱，防灾减灾救灾体系不健全，全民防范意识不够强，应急救援整体能力水平不够高。因此，责任十分重大、任务十分繁重。

当前，应急管理工作进入“应急”状态。一是全面启动应急值守。由部领导带头，每天 24 小时轮流在岗值守，一旦遇到突发重特大安全事故或自然灾害，第一时间做出响应。二是研究制定应急管理部应急预案，明确系统如何操作运行，确保应急响应救援有序有力有效。三是抓紧实现应急信息互联互通。尽快把相关部门应急信息接入应急管理部，实现信息资源共享，抓紧规划建设全国统一的应急管理信息平台，在应急响应时形成高效联动的整体合力。

改革坚持优化、协同、高效原则，目前集中办公基本完成，人员转隶有序进行

记者：应急管理部机构改革重点有哪些？与之前有什么不同？

黄明：组建应急管理部不是哪一个单位改名字、换牌子，而是一次全新的再造重建、脱胎换骨。此次机构改革与之前不同，原则是“优化、协同、高效”。

优化整个组织结构、应急体系、管理机制，研究内设机构设置，不能搞简单“物理相加”，必须起“化学反应”，努力把分散体系变成集中体系，把低效资源变成高效资源，全面提升国家应急管理综合能力和水平。

科学合理界定职责，既要勇挑重担，又不能大包大揽，要做到有主有次、有统有分，权责一致，与各有关部门形成合力。

高效对应急管理部非常重要，时间效率就是生命，必须从体制、机制、素质、作风上保障应急响应运行便捷通畅，处置有力有效，努力将应急管理部建设成高效率国家机关。

适应应急管理事业改革发展要坚持以防为主、防抗救相结合，坚持常态减灾和非常态救灾相统一，努力实现从注重灾后救助向注重灾前预防转变，从应对单一灾种向综合减灾转变，从减少灾害损失向减轻灾害风险转变。形成团结奋斗、雷厉风行的应急作风，应急管理工作人员应随时准备上前线保护群众生命财产安全。

记者：机构改革目前进度如何？在机构、人员等变更情况下，如何积极稳妥度过磨合期？

黄明：目前，集中办公基本完成，人员转隶有序进行，“三定”方案正抓紧研究制定。

面对平稳过渡问题，主要从三方面着力。一是坚持“先立后破”，分步实施。在新机构运行前，原有机构照常运作，职责照常承担。把能够接的先接过来，比如国务院应急办、国务院抗震救灾指挥部和国家减灾委员会等已转隶到位。而防汛抗旱指挥部职能，今年先由水利部承担。

二是统筹协调机构改革和各项重点工作。毫不放松地抓好安全生产，坚决遏制重特大生产安全事故。应急管理部每周一的工作例会都要研究安全生产问题。加强安全生产工作是重要职责，在任何时候都不能放松。统筹推进安全生产领域改革与机构改革，既要注重在推进安全生产领域改革中优化职能配置，又要通过机构改革为安全生产领域改革提供体制制度保障。

三是尽力缩短磨合期。加强与各有关部门沟通对接，制定转隶移交时间表，成熟一个，接收一个，指挥一个。尽快理顺内部各司局、各辖属单位职责，做到流程通畅，履职到位，形成整体工作能力。

建强建好消防、森林、安全生产等应急救援国家队

记者：您曾表示，应急管理部在出现突发情况时应第一时间响应、最快速度出发、有序有力有效应对处置，当好党和人民的“守夜人”。如何担起这份责任？

黄明：为党守夜、为百姓守夜，筑牢风险防控和应急救援防线，切实保障群众生命财产安全，为平安中国建设作出应有贡献，这是我对组建应急管理部的理解。

必须建设政治过硬、本领高强、能打胜仗的应急管理队伍。应急管理系统干部、指战员要以习近平新时代中国特色社会主义思想为指引，增强“四个意识”，敢于担当、勇于负责，在灾害危难面前挺身而出，义无反顾地扛起责任。

组建应急管理部，整合各方面资源和力量加强应急管理，是全新的事业。只靠老经验、老办法、老思路，很难适应新时代应急管理工作需要。应急管理系统所有干部、指战员必须正视能力不足问题，切实来个大学习，学好习近平总书记关于应急管理的重要思想，学好应急管理法律法规预案，学好应急管理知识技能。深入实际调查研究，摸清资源底数、掌握风险隐患、总结先进经验、找准薄弱环节，增强工作针对性和有效性。

公安消防部队、武警森林部队转制后，和安全生产等应急救援队伍明确作为综合性常备应急骨干力量。要把这支应急救援国家队建强建好。加强预案演练，不断提高应急救援专业水平，做到随时拉得出、冲得上、打得赢。

【新华社】

习近平向国家综合性消防救援队伍授旗

11 月 9 日，国家综合性消防救援队伍授旗仪式在人民大会堂举行。中共中央总书记、国家主席、中央军委主席习近平向国家综合性消防救援队伍授旗并致训词。这是习近平向国家综合性消防救援队伍授旗。 新华社记者 王晔 摄

【中央电视台新闻中心】

东方时空：防大灾，靠什么？

■ 央视记者：吴闯 熊传刚 马媛 李本扬

冬季森林火灾 怎么防控到位？

【导语】

进入今天的时空观察。今天我们聚焦独一无二的中国式森林消防。森林火灾是一种严重的自然灾害，速度快，突发性强，破坏性大，救灾处置困难。上个月，美国加州山火造成重大伤亡和损失，也让我们更加关注森林火灾怎么防、怎么灭？目前我国正处于秋冬季森林防火期，因为这个时候气候较干燥、降水少，林下可燃物载量大，干燥易燃，又值收获季节，人为火源隐患也较突出。（标2）每年 12 月份，北方秋季森林防火期刚刚结束，南方部分地区就进入了冬季森林防火期。南方这种日益严峻的森林防火形势将一直持续到明年 6 月份。（主标）今天的时空观察，就来聚焦中国式森林消防如何防控冬季森林火灾。我们将重点关注这几方面的问题：冬季森林火灾，怎么防控到位？如何实现全方位天地一体化救援？中国式森林灭火战斗力有多强？

防火灭火，防是前提。首先来看第一个问题，冬季森林火灾，怎么防控到位？下面我们就跟随记者去云南昆明的麻大山林场看一看，刚才说过冬季植被枯干、雨量减少，再加上风向以及气候多变，在这种情况下，当地是如何防火管控的呢？

【同期】央视记者 马媛

这里是云南昆明的麻大山林场，冬季是森林山火的高发期，所以冬季防火是一年的重中之重，从 12 月 1 日开始就正式进入到冬季防火期。这里就是云南昆明晋宁区的森林防火检查站，我们看这边，已经贴出了这样一个通告，从

2018年12月1日开始，一直到2019年5月31日，在这期间就是冬季防火期，所有进出林场的车辆、人员都要经过严格的检查，包括人员信息的登记以及进出林场的意图，我们看这边已经设好了这样的一个关卡，最重要的是杜绝火种进入到林场，这样就从源头上降低了人为山火的发生率。

【正文】（标题：实施靠前驻防 缩短作战半径）

针对今冬明春的防期特点，云南森林消防加强战备值班、备勤，实施靠前驻防，缩短作战半径，将营地驻扎在距离高发火点20分钟左右车程的点位，确保遇有火情能快速有效处置。

【同期】昆明市森林消防支队直属大队教导员 周明泉

在靠前驻防期间，我们坚持“有火灭火、无火训练”，与地方共同深入林区开展灭火综合演练，主要是了解地形、植被，更好地让我们掌握林区的情况，达到相互配合。我们作为主力军、拳头部队，在一线打火头攻险段。地方专业队主要是配合我们清理火线，搞好一些相关保障，这样就能达到密切配合，更好的完成好灭火作战任务。

【正文】

防火灭火，防是前提。如何实现“主动防”？监测预警，在第一时间发现火情祸患就显得至关重要。

【同期】昆明市森林消防支队支队长 李孝忠

按照应急管理部党组要求，在防期开始前后，我们组织在重点林区开展携装巡护，控制野外用火，以及为地方专业队组织培训。召开了防期誓师动员大会，大力开展了练兵备战。

【同期】央视记者 马媛

这里是麻大山林区的一个瞭望台，我们来看这个顶部有这样一个装置，它的名字叫森林眼，时刻像一双眼睛一样盯着这整片森林，监护这片森林。

【同期】昆明市晋宁区林业局局长 郭绍祥

这个“森林眼”观测的半径是10公里的范围，总共有两个摄像头，上面的一个是可见光的用于白天的观测，下面一个是热成像红外线的用于晚间的观测。它不管是可见光还是热成像，它都会及时地自动报警，会给我们一个很精确的定位，及时地让我们指挥中心知道哪里有情况，哪里需要处置。大大地提高了我们森林管护的效率。

【正文】

目前整个麻大山 120 万亩的林区共有 12 个“森林眼”，监测覆盖率达到 80%，一些重要的入山口也安装了卡口摄像头，重在提醒进出人员和车辆森林防火人人有责。

科学防火　天地对接　全面管控

【导语】

人的战斗力很重要，装备的战斗力同样重要。除了刚才短片中起监测预警作用的“森林眼”，我们再来认识几样其他先进的装备设备。比如带有消防、宿营以及炊事装备的装备运输车，野外作战所需一应俱全。（还有这样的水陆两栖山地越野车，它可以应对各种复杂路况，包括山地、林地、沼泽地，主要是为了将我们的人员以及装备在第一时间运往火场，提升作战效率。救援过程中特别强调天地信息的对接，这时无人机就会发挥重要作用。它内设 GPS 定位系统，可以定位火点，监控火情，发送数据给地面指挥部。必要时还可以运送药品和给养，单次飞行长达 60 分钟，实现了森林消防救援的天地对接。）

不过，无人机监测范围相对有限。森林火灾变化无常，赢得时间就赢得了主动权。（标 2）如何能够实现全方位的天地一体化救援呢？这就要靠火场战斗的生力军——直升机了，它令消防队员如虎添翼，大大提高了救援效率，降低了人员财产损失。（接片子）

【同期】央视记者　马媛

我现在是跟随应急管理部森林消防局直升机支队飞行二大队来执行空中巡护任务，进入冬季防火期之后，飞行二大队加强了对昆明周边林区的空中巡护，他们平均每周 4 天，每天分上午下午，平均单次飞行 3 到 4 个小时，每天覆盖方圆 200 公里的飞行半径来对林区进行空中巡护，重点排查可能出现的火灾隐患。

【同期】森林消防局直升机支队副支队长 张英海

利用直升机进行森林灭火和防火是发挥直升机地空机动灵活的优势，通过载人巡护的方式，可以及时发现火情，使机降灭火队员把火情尽早地控制，实现“打早、打小、打了”的目的。同时，通过机降灭火、吊桶灭火和水箱灭火，与地面部队配合有效控制森林火灾，使火灾的灾情减到最小。

目前我们这个单位配备的直升机是直 8 森林灭火型直升机，它有效载荷可以载到 27 人，但是通常在执行任务当中，我们机降灭火队员的时候，通常都是 10 到 15 人，包含了相应的灭火装备。

【同期】央视记者 马媛

现在为直升机配备的消防设备主要分为灭火和救生两个部分，我们来看，像这个吊桶呢，它主要是解决灭火的水源问题，这个吊桶装满可以盛多达 3 吨的水。那再往这边我们来看，这是叫吊篮，它主要是来搭救受伤人员。我们再往这边来瞧，这边有一个小的设备，它叫吊椅。

【同期】机组人员

它的操作方法就是在救护的时候，把这个打开，然后两人坐在这上面，然后用这个背带将这个勒上以后，然后两人共同抱住这个（两人合抱），直升机上的救生绞车上的锁钩挂住这个，然后将我们两人合力（一起拉上直升机）。

【正文】

作为诞生于人民军队摇篮、转型于国家综合性应急救援的空中力量，直升机支队立足森林防火灭火国家队、专业队、突击队、战斗队的职能，以综合性消防救援专业队伍为目标，成为保护国家生态资源的空中盾牌。

中国式森林灭火战斗力有多强?

【导语】

火场如战场，与山火作战，硬件再好还得软件驱动。这个软件就是我国森林灭火力量。当然这个软件可不软，那森林灭火力量是如何构成的？战斗力到底有多强？我们通过一个森林火灾的案例来感受一下。这场森林火灾发生在今年 5 月 19 日，云南大理苍山，过火面积约 150 亩。经过 19 个小时被扑灭。（接片子）

【时空观察 中国式森林消防独一无二！】云南大理苍山：灭火难爬山更难

【同期】昆明市森林消防支队政治处主任 张桢林

今年我们森林灭火作战有一个新的目标，就是实现 24 小时扑灭率达到 95% 以上。要实现这一目标，除了要求我们全体指战员要有专业的技战术素养，还要有顽强的战斗作风和战斗意志。

【正文】

这样的战斗作风和意志体现在每一次救援行动中，彰显在每一位消防员身上。今年 5 月 19 日，云南大理苍山发生森林大火，由于当天风大，火势蔓延极快，时间就成了决胜与否的关键点。

【同期】大理州森林消防支队大理中队指导员 黄磊

当天在收到灭火作战命令以后，我们仅用 15 分钟的时间就完成了战备等级转换，并开赴火场投入到了灭火战斗，为此次灭火战斗赢得了宝贵的战机。

【正文】

南方林区与北方林区，一个最大的不同就在于山高、林密、坡陡，消防员向火点中心推进非常艰难。

【同期】大理州森林消防支队大理中队指导员 黄磊

此次发生森林火灾的地点位于苍山的附近，整个火场最低海拔 2000 米，最高海拔在 2710 米，中间的高差在 700 多米，平均坡度在 60 到 70 度之间，我们全体指战员要身负 30 多公斤重的装备，只能手脚并用，往前一步一步地挪。

【正文】

经过 19 个小时昼夜不间断地持续奋战，大理支队兵分五路，实施了合围，实现了速战速决，高效快反。

【同期】大理州森林消防支队直属中队中队长 和涛

之所以此次我们能够高效地完成灭火任务，有一个很大的优势在于全民协作、同舟共济。当时，我们以最快的速度赶赴了火场，地方的各种力量也都相继的到了火场。各个环节都有人负责，都有人在发挥作用。

【同期】云南省森林消防总队副总队长 罗爽

此次灭火作战我觉得有 5 个方面值得总结：指挥统一、科学预判、精准出击、协同配合、战斗作风顽强。其中，首先是科学预判，总队前指在综合研判火场态势后，及时定下作战方案并指挥灭火作战。其次是精准出击，采取“多点突破、分段推进、形成合围”的战术。还有就是协同配合，按照森林消防队员打火头，地方专业扑火队跟进配合，军警和地方群众及时供水的保障模式，确保了联合灭火作战行动高效有力。真正做到了召之即来、战之必胜。

我国森林消防技战术水平世界前列

【导语】

指挥统一、科学预判、精准出击、协同配合、战斗作风顽强。这场山火，是我国森林消防战斗能力的集中体现。召之即来、战之必胜，我国森林消防已经成为一支独一无二的专业灭火力量，有着其他许多国家所不具备的优势。今年 10 月 1 日起，武警森林部队正式转隶国务院应急管理部管理，担负森林灭火等应急救援任务，发挥森林消防队伍国家综合性应急救援骨干力量作用。转制改革，编制变了，身份改了，但是使命、责任、任务没有变。今年的几次森林大火实战，愈发显示出我国森林消防综合技战术水平正走在世界的前列。

【时空观察 中国式森林消防独一无二！】我国森林消防技战术水平世界前列

【同期】应急管理部森林消防局司令员 徐平

我们森林消防救援队伍，作为现在世界上唯一的一支森林灭火的专业队伍，应该说当前从我们的组织指挥、部队的战斗力、装备建设的发展，与过去相比，有了很大的进步。我们也都知道美国今年加州这场大火，确实造成了很大的经济损失和人员的伤亡。那么对比我们国家今年的这几场火灾呢，特别是汗马原始森林这场火灾，我觉得，我们国家制度方面这个优势，就是发生火灾以后能够从国家到全民都一致的行动，调集各方的力量来实施灭火，这个恐怕是其他国家做不到的。

【正文】

森林消防作为一支森林灭火专业力量，除了依靠专业救援灭火设备以外，更重要的还是消防员在火线上发挥人员的作战优势。

【同期】应急管理部森林消防局司令员 徐平

包括美国加州这个火，它是靠它的城市消防员来灭火。但是城市消防员离开了消防车，作用就发挥不出来了。那么我们呢，现在是靠风力灭火机等各种装备，接近火线，人员全部拖到火线上。采取打明火、扑火头，特别是采取打、隔、烧相结合，风、水、化相结合，以及灭、清、守相结合的战术手段。真正地与火面对面地实施灭火战斗，这样的话就能更快地把这个火灭掉，而不是让它无休止地蔓延。实现“打早、打小、打了”。

【正文】

目前，森林消防队伍共有 9 个总队、37 个支队，其中 1 个机动支队、1 个直升机支队。力量部署在 74% 的国土面积和 92.6% 的边境线上。

【同期】应急管理部森林消防局司令员 徐平

从今年的 11 月 9 号，习总书记亲手缔造了我们这支综合性消防应急救援队伍，并且为我们授旗致训词。我想这个应该说对我们更大的激励和鼓舞，习总书记的对党忠诚，纪律严明，赴汤蹈火，竭诚为民的四句话建队总方针，也是我们部队的奋斗目标，更是我们广大指战员不竭的精神动力。

创新体制机制 保障强大救援能力

【导语】

看完中国式森林消防，感受到三个力——科技力、战斗力、协同力。要防控到位，首先要有高科技的广覆盖监控。当然光有科技不行，面对面扑火，强大顽强的战斗力任何时候必不可少。最后单兵再顽强，也离不开强大的协同作战。而强大的协同力正来自科学的体制保障。（标 2）多年来通过不断的探索创新，我国逐步形成了符合中国国情的行之有效的应急灾害防控机制和高效的救援体制，这可是防控抵御各类自然灾害真正的钢筋铁骨。

【正文】

今年 9 月 16 日，第 22 号超强台风“山竹”在广东台山登陆，这次灾害虽然对广东、广西、海南、湖南等 6 省（区）造成了严重破坏。但是灾后有关部门统计发现，与路径相似、强度相近的 2008 年“黑格比”、2015 年“彩虹”、2017 年“天鸽”这三号台风相比，台风“山竹”造成的死亡失踪人数、倒塌房屋数量、直接经济损失均为最少。这次台风危害之所以能够被大幅地降低，背后与相关部门和地方政府应对大灾的机制密不可分。

【同期】应急管理部救援协调局局长 郭治武

一个是建立了应急响应的联动机制，由应急管理部牵头，由自然资源部、水利部、国家气象局等相关部门以及军队参加，进行多方联合会商的这么一个机制。同时呢我们还研究制定了应对特别重大灾害应急预案、应急响应的工作手册和相关的保障制度，保证一有情况能够快速反应。

【正文】

在台风“山竹”登陆之前，从中央到地方便开始按照应急预案提前布局，积极应对。应急管理部提前将广东、海南、广西三地的 2 万多名消防官兵、60 多个救援机动队调动到重点防御区域。

【正文】

优越的体制机制是强大救援能力的根本保障。长期以来我国逐步形成了统一指挥、统一调度、全国一盘棋的组织指挥机制，在应对各种自然灾害和突发事件中发挥着关键的作用。

2018 年 10 月，西藏昌都和四川省甘孜境内发生多次山体滑坡，堵塞金沙江干流河道，形成堰塞湖，严重威胁下游安全。灾区环境恶劣，救援难度大，加上救援力量构成比较复杂，急需统一的指挥调度。

【同期】应急管理部救援协调局局长 郭治武

到了现场以后，成立了由西藏自治区、四川省人民政府、应急管理部和西藏军区相关负责同志参加的联席会议，建立了一个联席会议制度，来统一组织指挥协调此次的堰塞湖滑坡事件的处置工作，把各方面的力量实施统一指挥。

【正文】

通过 9 次联合会商处置，通过开挖泄流槽成功引导堰塞湖水自然过流，险情逐步缓解，创造了人工干预堰塞湖泄流的成功范例。集中统一指挥、统一调度不仅使救援科学有序，更提升了救援的精准度和效率。

【同期】应急管理部应急指挥中心副主任 周伟

特别是最近这几次这个重大自然灾害事件发生以后，习近平总书记、李克强总理等中央领导同志都先后多次作出重要批示，对救灾工作给予了正确有力的指导，这是我们取得救灾胜利的最根本的保证。那么从我们国家的情况看，我们这种社会主义集中力量办大事的这种制度优势，在救灾工作中体现得非常充分。

推动形成中国特色应急管理体制

【导语】

为全面应对新形势下的应急救援形势，今年 4 月 16 日，我国新组建了应急管理部，从目前运行的情况来看，改革的成效已经初步显现，正在发挥重要作用。

【正文】

新组建的应急管理部整合了原来 11 个部门的 13 项应急救援职责以及 5 个国家应急指挥协调机构的职责。目前应急管理部已经完成了所有机构和人员转隶。

【同期】清华大学公共安全研究院院长、中国工程院院士 范维澄

原来（很多机构）因为不在一个部门里边，就很难把它充分地 协调，现在由一个部门来管的话，这样话就是说适应了那个灾害事故它自身的那个发展链条，然后我们可以全过程的实施这种监管和及时地进行应急救援，那么自

然确实效率提高了很多，跨出了非常大的一步。

【正文】

应急救援在某种程度上就是和时间赛跑，应急机制是关键。

【同期】应急管理部应急指挥中心副主任 周伟

应急管理部挂牌成立以来，迅速就建立了24小时的备勤值班制度，就是每天都有一位部领导亲自在岗带班，各个业务司局都有一名值班的在岗值班的同志。为了这个获取信息更加方便，我们构建了信息接报的网络，就实现了各省各个有关部门，特别是转移过来的内部各业务司局的信息渠道的畅通。

【正文】

按照中央的决定，今年全国公安消防部队和武警森林部队，20万官兵整体转制，组建国家综合性消防救援队，由应急管理部管理。作为应急救援的主力军和国家队，承担着防范化解重大安全风险、应对处置各类灾害事故的重要职责。将从过去单一灾种救援向综合性救援转变，从区域性救援向跨区域救援转变。

【同期】应急管理部救援协调局局长 郭治武

最大的好处是在救援工作中，能够统一指挥调动力量，能够统筹救灾任务，还能够统筹救灾资源的投入，这样呢就保证在灾区救援中形成合力，形成一盘棋的救援态势，既减少了灾区的混乱，又节约了救灾的资源，还提高了救灾的效果。

【正文】

组建半年多来，应急管理部先后启动40多次应急响应，先后派出50多个工作组赴地方指导开展防灾救援救灾处置工作。今年以来，全国安全生产实现近20年来同期最好水平，我国自然灾害造成的损失与近5年同期均值相比大幅降低。我国的应急救援正在向统一指挥、专常兼备、反应灵敏、上下联动、平战结合的中国特色应急管理体制迈进。

【中央人民广播电台】

加强国家综合性消防救援队伍正规化建设

北京 11 月 10 日消息（记者李思默）据中国之声《新闻纵横》报道，国家综合性消防救援队伍授旗仪式昨天（9 日）在人民大会堂举行。中共中央总书记、国家主席、中央军委主席习近平向国家综合性消防救援队伍授旗并致训词，代表党中央向全体消防救援人员致以热烈的祝贺。

习近平强调，组建国家综合性消防救援队伍，是党中央适应国家治理体系和治理能力现代化作出的战略决策，是立足我国国情和灾害事故特点、构建新时代国家应急救援体系的重要举措，对提高防灾减灾救灾能力、维护社会公共安全、保护人民生命财产安全具有重大意义。国家消防救援队伍要对党忠诚、纪律严明、赴汤蹈火、竭诚为民，在人民群众最需要的时候冲锋在前，救民于水火，助民于危难，给人民以力量，为维护人民群众生命财产安全而英勇奋斗。

日前，根据《组建国家综合性消防救援队伍框架方案》，公安消防部队、武警森林部队转制，组建国家综合性消防救援队伍。这支队伍由应急管理部管理，实行统一领导、分级指挥，设有专门的衔级职级序列和队旗、队徽、队训、队服。

国家应急管理部教育训练司副司长刘克辉表示，组建国家综合性消防救援队伍对于推进国家治理体系和治理能力现代化，提高国家应急管理水平和防灾减灾救灾能力，具有重要意义。主要的考量是贯彻党中央以人民为中心的发展思想，为了更好地提高队伍的战斗力，更好地保卫人民群众的生命财产安全，维护社会稳定。这也是国家治理体系、治理能力现代化的一部分，这个改革有利于提高消防救援队伍的专业化、职业化水平，也符合国际消防职业发展的大趋势。

消防救援衔是继军衔、警衔、关衔、外交衔之后，我国设立的一种新衔级。消防救援衔的设置总体上参照了军衔、警衔的做法，不同的是，将衔级与职级合并设置，实行一职对一衔。改革将坚持平移原有政策和标准、做好对接、总体保持待遇不降的原则。刘克辉表示，建立消防救援衔制度是国家给消防人员的一个崇高政治荣誉，也是适应消防救援指挥的需要。

刘克辉表示："这支队伍虽然退出现役了，仍然要按照纪律部队的要求来建设。我们要继续保持纪律部队的管理办法，同时创设一套符合消防职业特点的制度体系。我们还要修改相关配套的法律法规，使整个改革在法律法规的轨道上运行，使整个队伍的管理正规有序，符合纪律部队的特点。"

《组建国家综合性消防救援队伍框架方案》中明确，建立健全专门管理和保障办法，经过 3 年的试行磨合，形成一套与有关法律法规相衔接、比较成熟定型的政策制度。同时，有效优化整合应急救援力量和资源，提高消防救援队伍正规化、专业化、职业化水平，充分发挥应急救援主力军和国家队的作用。

刘克辉介绍："我们改革的方案是把现有制度优势和职业制度优势结合起来，把现有制度人员流动快、经验积累不够的弊端补上，同时把职业制人员容易老化、战斗精神不足的问题解决掉，把两种体制结合起来，走一条有消防特点的道路，逐步提高消防队伍的专业化水平。比如我们的消防员原来是招兵制，两年的服役时间，现在的消防员征召进消防救援队伍以后，至少工作五年以上。第一年是到院校去培训学习，第二年是跟班见习，到第三年具备各方面基本经验后，才独立完成执勤作战的任务，这样就符合专业化建设的方向。"

据了解，按照党中央、国务院的部署要求，国家综合性消防救援队伍组建工作，正在稳步有序推进之中。原公安消防部队、武警森林部队和警种学院集体转制人员的授衔、换装等一系列工作将陆续展开。刘克辉表示："下一步我们的授衔、换装相关工作将陆续开展，到今年年底前要圆满地完成两支队伍的转制任务。"

【中国应急管理报】

系列评论

一、构建中国特色应急管理体制的里程碑

步入新时代，在我们党统揽伟大斗争、伟大工程、伟大事业、伟大梦想，加快推进国家治理体系和治理能力现代化，努力形成更加成熟、更加定型的中国特色社会主义制度的激越征鼓声中，应急管理部和着春天的步伐，正式挂牌成立，为构建中国特色应急管理体制，树立了新的重要里程碑。

深化党和国家机构改革，是以习近平同志为核心的党中央从战略和全局高度作出的重大决策，是一场系统性、整体性、重构性的深刻变革，充分体现了以习近平同志为核心的党中央强烈的政治责任感和深厚的历史使命感，充分彰显了坚定不移走中国特色社会主义道路、建设中国特色社会主义强国的政治担当。组建应急管理部，构建统一领导、权责一致、权威高效的国家应急能力体系，是这场自我革命、深刻变革大合唱中的高亢强音，可谓正当其时、大势所趋。

习近平总书记强调，要坚持人民主体地位，顺应人民群众对美好生活的向往，不断实现好、维护好、发展好最广大人民根本利益，做到发展为了人民、发展依靠人民、发展成果由人民共享。总书记还指出，平安是老百姓解决温饱后的第一需求，是极重要的民生，也是最基本的发展环境。应急管理工作的根本出发点，正是为了预防和减少灾害事故的发生，控制、减轻和消除灾害事故引起的严重社会危害，确保人民群众生命财产安全和社会稳定。组建应急管理部，集中体现了以人民为中心的发展思想。

我国是灾害多发频发的国家。防范化解风险，要善于运用底线思维，凡事从坏处准备，努力争取最好的结果，做到未雨绸缪、有备无患，牢牢把握主动权。“思危所以求安，虑退所以能进。”面对灾害风险挑战，既要有防范风险

的先手，也要有应对和化解风险挑战的高招；既要打好防范和抵御风险的有准备之战，也要打好化险为夷、转危为机的战略主动战。加强应急管理工作，就是要对灾害风险保持警觉，审时度势、顺势而为、化危为机，推动各项事业稳中求进、行稳致远。组建应急管理部，体现了强烈的忧患意识和底线思维。

“明者因时而变，知者随事而制。”组建应急管理部，将全面提升应急救援的协同性、整体性、专业性。作为一个灾害多发频发的国家，我国不仅面临地震、洪涝等自然灾害，也深受火灾、生产安全事故、环境污染等人为灾害的困扰。以往应急救援力量分散在各个系统，条块分隔的“九龙治水”和资源分散的“各管一摊”现象并不罕见，不利于形成强大的合力，不适应形势发展的需要。组建应急管理部，整合优化应急力量和资源，推动形成统一指挥、专常兼备、反应灵敏、上下联动、平战结合的中国特色应急管理体制，无疑会攥紧拳头，集中发力，是推进治理能力和治理体系现代化的重要体现。

时代是出卷人，我们是答卷人，人民是阅卷人。中国特色应急管理体制改革的宏伟目标，引领着开启新征程的努力方向；中国特色应急管理机构改革的阵阵春风，吹拂起奋进新时代的万丈豪情。我们要珍惜机遇，乘势而上，脚踏实地，不畏艰苦，勇往直前，把应急管理工作提高到一个新水平，展现应急管理新气象新作为，为党分忧、为国尽责、为民奉献，让总书记放心，让党中央放心，让人民群众满意。

二、坚决拥护改革 服从改革 支持改革

改革事关国家民族的生存发展，只有进行时，没有完成时。站在新的历史起点，以习近平同志为核心的党中央英明决策，启动新一轮党和国家机构改革，任务之重、领域之广、程度之深、力度之大，前所未有。要扛起如山重任，我们必须许党许国、报党报国，坚决拥护改革、服从改革、支持改革，强化责任担当，抓紧谋划推进，按时高质量地完成改革任务。

历史潮流浩浩荡荡，党的十九大绘就宏伟蓝图。我们这个 960 多万平方公

里土地、13 亿多人口、五千年文明的大国，正在按照 2020 年、2035 年、本世纪中叶的战略安排，一步步实现着民族复兴的大业。面对前景十分光明、挑战也十分严峻的大势，党中央科学决断，作出了深化党和国家机构改革的大计，决定顺应国情民生，整合 13 个方面职能，组建应急管理部这个大部。可以说，党中央寄予厚望，人民群众满怀期待。能不能服务大局、勇于担当，在改革中奉献出光和热，这是对我们每一个人的政治考验。

思想决定行动，深知才能笃志，彻悟才会毅行。我们要持续不断地加强学习、吃透精神，深刻认识、准确把握深化党和国家机构改革的重大意义，自觉听党话、跟党走，严守政治纪律和政治规矩，切实把思想和行动统一到党中央的决策部署上来。改革如同试金石，检验着我们的党性原则强不强、“四个意识”牢不牢。我们要提高站位、拥护改革，确保党中央的决策部署得到不折不扣的贯彻落实，以抓好机构改革的实际行动来坚决维护以习近平同志为核心的党中央权威和集中统一领导，在改革这场“大考”中努力向党和人民交出一份满意的答卷。

改革就是自我革命，说到底是利益关系的调整。大潮澎湃，激浊扬清。岗位撤并转改、个人进退去留，各种思想偏差、认识误区可能出现。在时间紧、任务重、压力大的局面下，缺信心、怕困难、有顾虑等也会出现。“大事难事看担当，逆境顺境看襟度”。改革也是磨刀石，砥砺着我们在前进路上处理好眼前与长远、局部与全局、个人与组织的关系。我们要时刻铭记为人民谋幸福的初心使命，坚持一切都要从党和国家的事业出发，把有利于应急管理体系和能力建设作为最高准则，讲政治、顾大局、守纪律、舍小我，坚决服从改革。

改革推进到今天，比认识更重要的是决心，比方法更重要的是担当。习近平总书记鼓励我们，既当改革促进派，又当改革实干家，盯住干、马上办。改革呼唤铺路石，期待着我们各尽所能、众志成城，形成合力、支持改革、一抓到底。回首征程，从消防到安监，我们的同志来自五湖四海，但都有着敢打善打硬仗的光荣传统。今天在应急管理这面旗帜下，我们仍要拿出那么一种革命热情、那么一股拼命精神，既确保思想不乱、工作不断、队伍不散、干劲不减，又确保改革有组织、有纪律、有步骤地顺利稳妥推进，矢志不渝地支持改革、接受洗礼。

应急管理机构改革是一次新的长征，应急管理部挂牌是又一个起点。下面还有很长的路要走，可能还有很多“娄山关”“腊子口”。天下事，惟改革者进，惟实干者成。我们要倍加珍惜开创这项神圣事业的宝贵机会，增强应急意识，健全应急机制，提升应急能力，建设大国应急体系，确保人民群众生命财产安全和社会稳定，当好党和人民的“守夜人”，展现新气象新作为，不辜负这个伟大的新时代。

三、以奋斗姿态开创应急管理新局面

一切伟大的成就都是接续奋斗的结果，一切伟大的事业都需要在继往开来中推进。深化党和国家机构改革是一场系统性、整体性、重构性的深刻变革。作为改革项之一，组建应急管理部，对我国健全应急机制，提升应急能力，建设大国应急体系，切实维护人民群众生命财产安全，具有重大的时代意义。要把改革落到实处，取得改革成效，需要我们以奋斗姿态，脚踏实地、不懈努力、务实担当、勇于创新，不断开创应急管理事业的新局面。

开创新局面，要凝聚思想共识。中国特色社会主义进入了新时代，这是我国发展新的历史方位。日益复杂的社会系统释放出大量复杂性风险，迫切需要对应急事务加以统筹和协调。组建应急管理部，构建统一领导、权责一致、权威高效的国家应急能力体系，提高国家防灾减灾救灾能力，是以习近平同志为核心的党中央从中华民族长远发展的战略高度，顺应人民群众对美好生活的向往，着眼我国灾害事故多发频发的基本国情作出的重大决策。应急管理全系统干部职工必须凝聚共识、同频共振、知行合一，坚决服从改革大局，凝心聚力投身改革，以永不懈怠的精神状态和一往无前的奋斗姿态，不折不扣地把中央关于机构改革的决策部署落实到位。

开创新局面，要有开阔的视野和胸怀。组建应急管理部，整合了之前诸多部门、机构的职责，要把这些职责履行好、担当好，不挂万漏一，不相互牵绊，科学高效地推进应急管理事业不断取得新业绩，要树立“抓创新就是抓发展，谋创新就是谋未来”的自觉，加强整体谋划、综合统筹和标准统一，构建一支反应迅速、行动专业、能力全面的队伍；要走出“一亩三分地”的思维窠臼，突破各自为政的管理弊端，才能弹好“钢琴”，增强整体性、协调性；要走出“重救轻防”的思想误区，从纵向打通预防、准备、处置、评估、改进和缓解等各个阶段，形成首尾相连、持续改进的管理闭环，增强前瞻性、主动性；要打开全球视野，在内外联动中赢得机遇。

开创新局面，要勇于担当尽责。尽责与担当要从心出发，赋予工作无限激情。不热爱自己的岗位，不努力自我提升，就难以应对新事业新挑战；没有干事创业的激情，对琐碎纷杂的工作就会不屑一顾，甚至无动于衷，也将因小失大、贻误大局。一个有责任感的人，热爱自己事业的人，才会孜孜以求不断进取，不畏惧艰难困苦，追求工作效能的极大值。在社会矛盾多元化的大环境下，干事创业较量的是发展、衡量的是实力，但归根结底是全系统每一名干部职工担当意识的比拼、担当能力的较量。点滴汇聚、形成合力，才会有应急管理事业的蓬勃发展。

开创新局面，要苦干实干奋发有为。埋头苦干，并不是不讲科学地瞎干蛮干，也不是墨守成规地凭老经验干，而是讲究科学、提升效能。应急管理系统广大干部职工，必须不断学习新知识，开阔新视野，研究新情况，运用新技术，提升风险研判和应急反应能力。没有苦干实干的准备和顽强拼搏的意志品质，难以应对纷繁复杂、充满挑战的工作。事业靠干。要创造实实在在的业绩，始终要靠真抓实干。

时序更替，梦想前行。改革开放 40 年来，我们靠不懈奋斗闯出了一条新路。不忘初心、牢记使命，我们必将以逢山开路、遇水架桥的奋斗精神，开新局于社会革命，强体魄于自我革命，推动应急管理事业迎来崭新的局面。

二等奖

2018 年度

应急管理好新闻获奖作品

2018 年度
应急管理好新闻获奖作品

【人民日报】

人民时评：应急救援凸显中国体制优势

■ 张洋

优越的体制机制是强大应急救援能力的根本保障，在这方面，中国的应急救援体制恰和一些西方国家形成鲜明对比

12月24日，西藏日喀则市谢通门县发生5.8级地震，应急管理部立刻响应，当地消防救援队伍迅速赶赴震中地区；12月17日，河南商丘一公司厂区发生火灾，应急管理部迅速派工作组赶赴事故现场，指导协助地方全力做好应急救援和调查处理工作……面对近期的自然灾害和突发事故，我国应急救援机制迅速响应、统一调度，发挥了全国一盘棋的组织指挥优势。

优越的体制机制是强大应急救援能力的根本保障，在这方面，中国的应急救援体制和一些西方国家形成鲜明对比。

很多人问：面对突发灾害，一个国家的应急救灾机制及救灾能力如何才能在关键时刻发挥作用，承担起应尽的职责？对这个问题，中国以强大的体制机制优势和国家能力，交出了一份应急管理的优秀答卷。战洪水、防非典、抗地震，长期以来在党的坚强领导下，各地各部门通力协作，广大群众积极参与，中国成功应对一系列重大灾害事故，应急管理能力在一次次锤炼中强化提升，中国救援力量一次次收获世界的赞许。尤其是2018年应急管理部的成立，整合了原来11个部门的13项应急救援职责，以及5个国家指挥协调机构的职责；组建了综合性消防救援队伍，全国公安消防部队和武警森林部队20万官兵整

体转制，被认为在我国应急管理发展史上具有里程碑意义。

一系列重大改革举措，使我国应急管理体制更加成熟完善，应急救援能力迎来质的飞跃，并得到了实践的检验。今年 9 月，在广东台山登陆的超强台风“山竹”与 2008 年的“黑格”、2015 年的“彩虹”、2017 年的“天鸽”路径相似、强度相近，但是灾后有关部门统计发现，台风“山竹”造成的死亡失踪人数、房屋倒塌数量、直接经济损失均为最少。对此，业务部门、专家学者普遍反映，这与应急管理部门、地方政府组建的联动机制密不可分，“统一指挥统一调度，保证一有情况能够快速反应”，“面对急难险重，有力有序有效开展救援”。

机制更顺，职责更明，力量更足，应急救援也更有效率。近期，国家应急管理部有关负责同志在接受采访时介绍了一组数据：应急管理部组建以来，先后启动 40 多次应急响应，派出 50 多个工作组赴地方指导开展防灾救援救灾处置工作。今年以来，全国安全生产实现 20 年来同期最好水平，我国自然灾害造成的损失与近 5 年同期均值相比，实现大幅降低。面对我国灾害事故多发频发的基本国情，我国应急管理体制机制“边应急、边建设”，取得了有目共睹的成就。

“行之力则知愈进，知之深则行愈达。”在实践中不断探索、总结和提升，构建起适应国家治理现代化的应急管理体系，打造应急救援的主力军和国家队，才能更好保护人民群众生命财产安全，当好党和人民的“安全卫士”。

【经济日报】

国务院安委办部署打击假冒特种作业操作证专项治理行动——

让假证“无处可藏”

■ **本报记者：常理**

特种作业人员是我国广大从业人员的重要组成部分，目前有持证人员998万人，分布在各行各业的生产作业一线。这些作业危险性普遍较高，容易发生生产安全事故，容易对特种作业人员本身、其他从业人员及设备设施的安全造成重大危害。

我国法律法规明确规定了特种作业人员应当符合的条件，要求特种作业人员须经专门安全技术培训并考核合格，取得特种作业操作证后方可上岗作业，为保障特种作业人员和广大从业人员生命安全确立了重要标准。

然而，假冒特种作业操作证，让不具备条件和没有经过培训考核合格的人员从事高风险的特种作业，大大增加了发生事故的风险，给特种作业人员和其他从业人员的生命安全造成了重大隐患和威胁。

日前，国务院安委办召开全国视频会，动员部署打击假冒特种作业操作证专项治理行动。应急管理部有关负责人表示，要坚决打好整治假冒特种作业操作证的战略主动战，当好党和人民的“守夜人”。

据了解，近年来国家层面制定、修订了4个有关安全培训考试工作部门规章，出台了《安全生产资格考试与证书管理暂行办法》等10多个重要文件，修订安全培训考试相关标准70多个。

“假冒特种作业操作证是对特种作业人员管理秩序的破坏和扰乱，严重影响了安全培训工作的正常开展，严重威胁抓安全、保稳定和防范遏制重特大事故的工作大局，必须坚决打击，彻底整治，绝不能让这种违法行为破坏安全生产工作大局，影响安全发展。”该负责人表示。

统计显示，“双打”行动开展以来，查处持假证、无证上岗人数累计约占被查特种作业总人数的 1.25%。从各地情况来看，北京 3 年多来市区两级共出动执法人员 4.32 万人次，检查企业 2.11 万家，检查特种作业人员 9.79 万人，查处持假证、无证人员 1224 人，协调公安机关采取行政拘留措施 46 人；广东佛山市从 2017 年至今，共检查企业培训 5.88 万家次，查处违规或未持证上岗 932 人次。

特种作业人员管理一直按照国家治理体系和治理能力现代化的要求推进，近年来国家层面推动全国安全培训信息化建设，建成全国安全培训信息管理平台，实现了信息数据互联互通，资源得到共享。其中，“特种作业操作证查询平台”去年向社会提供查询 510 万次，从今年 1 月份至今，提供有效查询 171.5 万次，推动了安全生产公共服务能力建设，保证了全国证书信息互联互通、资源共享和统一管理。

然而，随着特种作业考核的逐步规范和严格管理，一些从业人员为快速取得作业证书，轻信虚假宣传，通过网络办理虚假证书；一些不法分子受利益驱动，制作假证书，并通过网络售卖，甚至为了让证书显得更为“逼真”，不法分子还仿制大量假冒的查询网站，使很多想要取得特种作业操作证的从业人员上当受骗。

“这种乱象是当今世界互联网高速发展产生的新问题，需要我们提高认识，按照国家治理体系和治理能力现代化的要求，提高管理水平，增强识假打假能力，既解决当前整治乱象的问题，又解决建立打击假证长效机制的问题，确保通过这次打击假冒特种作业操作证专项治理行动，进一步落实安全生产责任，加强特种作业人员和证书管理。”应急管理部有关负责人说。

【新华社】

砺护国之剑，铸为民之盾

——灾难面前彰显的中国力量、中国速度和中国精神

■ **新华社记者：齐中熙 叶昊鸣 杨洋**

摊开中国地图，960 多万平方公里土地上，山河纵横，风光无限。

幅员辽阔的土地养育了中华民族，复杂多样的地质、气候条件也造成灾害频发。我国是世界上自然灾害最为严重的国家之一，灾害种类多，分布地域广，发生频率高，造成损失重。

改革开放 40 年以来，在中国共产党领导下，中国人民一次次在各种灾害中顽强抗争、守望相助，一次次在废墟中挺直脊梁，彰显出伟大的中国力量、中国速度和中国精神。

中国力量——大灾大难面前，党的各级组织和广大党员、干部始终同人民群众同呼吸、共命运、心连心

走进四川省汶川县，一条条宽敞平坦的道路纵横交错，一幢幢整齐的楼房傲然矗立，一排排羌族特色商店鳞次栉比。谁能想到，10 年前，一场里氏 8.0 级的大地震几乎将这里摧毁。

为了尽快帮助汶川人民恢复家园，党中央提出必须以人民为中心，贯彻“民生优先”原则，“三年重建完成、五年发展振兴、十年实现全面小康”。

任务紧迫，决心坚定。如今的汶川已脱胎换骨，展露新颜。2018 年，汶川县退出贫困县序列，实现了脱贫摘帽。

苦难辉煌，砥砺前行。有党作“主心骨”，有全国人民做后盾，灾区干部群众内生动力喷发。

“灾后重建的背后，是广大党员干部以身体和家庭为代价的苦干付出，是心里只有群众唯独没有自己的真情奉献！”汶川县委书记张通荣说。

习近平总书记强调指出，防灾减灾救灾事关人民生命财产安全，事关社会和谐稳定，是衡量执政党领导力、检验政府执行力、评判国家动员力、体现民族凝聚力的一个重要方面。

党的十八大以来，面对各种灾害，在以习近平同志为核心的党中央坚强领导下，各方力量得以迅速集合形成强大合力。在党中央的领导下，中央部委和地方迅速行动，全力抢险救灾；关键时刻，基层党组织身先士卒、挺身而出；社会组织和个人团结协作，并肩战斗，汇聚成一方有难八方支援的时代洪流。

党和政府高度重视自然灾害防治，发挥社会主义制度集中力量办大事的政治优势，不断提升国家治理体系和治理能力现代化水平。

4 月 16 日，新组建的应急管理部正式挂牌，把 13 项与应急响应有关的职能进行整合和优化，构建起统一指挥、权责一致、权威高效的国家应急体系，开启了中国特色应急管理体系建设的新时代。

中国速度——每一次生死关头，每一次救援行动，都是与时间赛跑，和生命竞速

今年夏季，四川、江西、甘肃、陕西等多地出现强降雨过程，全国平均降水量达 318 毫米，较常年偏多 3%，西北中部东部、西南北部、华北西部、东北中北部等地偏多 4 至 7 成……

到 7 月 18 日，27 个省区市遭受洪涝灾害，造成 2053 万人、1759 千公顷农作物受灾，因灾死亡 54 人、失踪 8 人，倒塌房屋 2.3 万间，直接经济损失约 516 亿元……

汛情严峻，第一时间引起党中央高度重视。

7 月 19 日，习近平总书记作出重要指示强调，当前，正值洪涝、台风等自然灾害多发季节，相关地区党委和政府要牢固树立以人民为中心的思想，全

力组织开展抢险救灾工作，最大限度减少人员伤亡，妥善安排好受灾群众生活，最大程度降低灾害损失。

应急管理部启动5次国家Ⅳ级救灾应急响应，财政部紧急下拨中央财政自然灾害生活补助资金，调拨8000顶帐篷、8000张折叠床、5万床衣被等中央救灾物资，并派出多个工作组赶赴灾区指导支持抢险救灾工作。

2017年8月8日，四川阿坝州九寨沟县发生7.0级地震，习近平总书记高度重视，立即作出重要指示，要求抓紧了解核实九寨沟7.0级地震灾情，迅速组织力量救灾，全力以赴抢救伤员，疏散安置好游客和受灾群众，最大限度减少人员伤亡。24小时后，6万余人完成大转移……

每一次“中国速度”救援的背后，都彰显出以人民为中心的执政理念。

2015年8月12日，天津滨海新区发生爆炸，来自46个消防中队的1000余名消防官兵24小时持续救援，成为灾难中的“最美逆行者”；

2016年9月15日，超强台风“莫兰蒂”登陆福建，泉州支队300余名武警官兵挺进偏僻山村，“绝不遗漏一个百姓”；

2018年10月24日，超强台风“玉兔”横扫塞班，1200余名中国游客分批被大陆3家航空公司派出的航班接回，在最艰难的时刻，感受到了来自祖国的温暖……

中国精神——面对一次次自然灾害，中国人民万众一心、守望相助，在迎难而上中砥砺前行

震级里氏7级，震源深度13公里，震中烈度9.0度——2013年4月20日，四川雅安发生强烈地震。

不到半天时间，香港中联办已经收到了第一笔向雅安地震灾区的捐款，金额200万港元。

新疆、台湾、宁夏、上海等14个省份陆续向灾区提供了资金或物资援助；重庆、广东、贵州、北京等多地组织救援队伍驰援灾区；国家电网、中国移动、中铁二局等多家央企派出专业队伍疾驰协助；中国地震局迅速组织专家进行会商；民政部连同八个部门的工作组赶赴灾区；来自全国各地的解放军和武警部

队火速挺进灾区深处……

这一刻，全国的力量汇于一点。

雅安地震后，在党和政府的高效组织下，无论是当地干部群众，还是外省救援队伍，上下同心，团结协作，为当地震后发展振兴提供源源不断的动力。如今走进旧日灾区，青石板路、黄墙红瓦，处处旧貌换新颜。黎明新村，烟溪新村，一座座新村跃然而起，迎接美好未来。

今年 6 月 1 日，内蒙古自治区大兴安岭汗马自然保护区突遇山火。在这片被称为“大兴安岭最难扑救的火场”中，飞机成为唯一可以进入的利器。正在东北林区执行春季护林任务的中国飞龙通用航空有限公司接到命令后，迅速调派 8 个机组、50 多名机务骨干飞赴灾区灭火救灾。累计飞行 300 余小时，运送扑火人员近 2000 人，通过外吊挂直接灭火洒水近 100 吨。

一方有难，八方支援。这是中华民族流淌在血液中的民族精神。殷忧启圣，多难兴邦。在一次次灾难面前，正是敢于斗争、敢于胜利的中国共产党，带领中国人民艰苦奋斗、自强不息，把中国特色社会主义制度集中力量办大事的制度优势充分发挥出来，让历经磨难的中华民族生生不息。改革开放以来，中国共产党人不断探索规律、发现规律，依靠科学、运用科学，抗震救灾工作更加科学化、规范化，应对和处置灾害的能力不断提升。

【中央电视台新闻中心(部电视中心推荐)】

重庆公交坠江事故：坠江车辆已定位 打捞难度大

【导语】

重庆公交坠江事故发生后，应急管理部立刻组织有关救援力量赶往现场，进行紧急救援。然而这次的救援难度大大超过了专家的预计，公交车从距离江面 40 米高度的桥面上坠入江中，目前已确定位于水下 71 米的江底，救援最大的难题车辆定位目前已经解决，但是打捞车辆由于是深水作业，难度依然很大。

【正文】

【同期】 本台记者 崔世杰

您现在看到的就是重庆万州长江二桥，公交车就是从上面的豁口冲破护栏掉到江里的。事故发生后，有三支专业救援队伍对水下进行了探测，发现了四处可疑点。通过对之前长江航道图的对比，初步判断有一个可疑点的可能性非常大，它的面积是宽 3 米、长 10 米，与公交车很相似。现在这个江面上橙色的船只，它现在做的工作就是寻找和固定公交车。

【正文】

专业队伍目前采用的方法是，将一根绑着吸铁石的绳子垂落到可疑点的江中，让吸铁石吸附住公交车，再用相机拍摄照片，最终确定公交车的具体位置。

【同期】 重庆长航救援队队长 罗小云

船上有潜水员，有摄像的，有声呐的，对这个可疑物进行探摸和核实，还有起到定位的作用。

【同期】 本台记者 崔世杰

这根绳子的另外一端绑着一个强力吸铁石，吸铁石正吸附在公交车车身上，坠江的公交车在这根救灾绳子正下方 71 米的地方。

【正文】

深水打捞在打捞作业中难度最大，使用的专业设备多，目前潜水员和减压仓已经就位，水下呼吸的气体正在紧急向现场调运，预计 29 日下午可以就位。

专家表示，目前阶段最难的定位问题解决了，确定了公交车在水下具体位置，由于打捞船和人员都已就位，预计 24 小时内就能将公交车打捞出水面。

【同期】重庆长航救援队队长　罗小云

确定了以后，潜水员下去用钢缆进行拴套、固定，用浮吊船把它起吊。如果顺利，应该在一天内能解决（打捞出水）。

【中央电视台财经频道】

警惕身边的“夺命杀手”

■ 记者：魏欣 石鹏

电动自行车引发火灾 事故频发

【导语】

（男）目前，我国电动自行车的社会保有量达2亿多辆，年产量3000多万辆，是世界上电动自行车产销第一大国。

（女）电动自行车在便利群众日常生活的同时，也衍生出一系列消防安全问题，昨天（18日），相关部门开展了电动自行车消防安全综合治理工作。

【正文】

据统计，2013年至2017年的五年间，全国共接报因电动自行车引发的火灾1万余起，呈现逐年增长的趋势。其中，引发较大以上亡人火灾34起、造成142人死亡，分别占较大以上亡人火灾起数和亡人总数的11%和9.6%，给国家和人民群众生命财产安全带来重大损失。

【正文】

画面中是2016年8月29日，广东深圳市宝安区一住宅楼内一起火灾事故，一辆非法组装的电动自行车，在充电过程中因电气线路故障引发火灾，造成7人死亡、4人重伤、43人轻伤。

2015年6月28日，河南信阳市商城县观庙镇状元街明慧副食店内停放的电动自行车，因电气线路短路引发火灾，造成6人死亡、1人受伤。

今年以来，全国电动自行车火灾突出，并且来势较猛，已发生较大以上火灾6起，造成22人死亡，23人受伤，造成了严重的社会影响。

4 月 1 日，北京市海淀区一家电动自行车的销售点因锂电池内部发热故障爆炸起火，造成 4 人死亡。

4 月 6 日，江苏省苏州市虎丘区一栋居民楼，楼内停放的电动自行车因长时间充电引发火灾，造成 4 人死亡，3 人受伤。

特别是，今年广东英德市“4・24”纵火案，犯罪嫌疑人点燃摩托车后，又引燃了停放在前厅门口的电动自行车，很快，产生大量高温有毒气体，造成 18 人死亡。

电动自行车火灾频发　电气线路短路是主因

【导语】

（女）真没想到停放在我们身边的电动自行车，有可能成为我们每个人身边的“隐形杀手”。那么到底是什么因素使得电动车引发火灾？这些火灾的致死原因到底是什么？

【正文】

诱发电动自行车火灾事故的最主要原因是电气线路短路，电气安全性能不高，假冒伪劣、以次充好的电动自行车大量充斥市场。不少电动自行车电气安全性能设计存在一定缺陷，电池欠压、过载，或短路保护功能缺失、电器老化、绝缘性能达不到标准；一些不良商家大肆偷工减料，将假冒伪劣产品投放市场，有的甚至违法改装，造成充电过程中故障频发，引发火灾。另外，电动自行车的车身大量采用塑料、聚氨酯、橡胶等易燃可燃材料，部分豪华车型可燃材料占比超过整车质量的 35%，建筑内的电动自行车一旦被引燃起火，很快就会发展到猛烈燃烧阶段，并产生大量高温有毒烟气，极易造成人员窒息中毒。

【正文】

这是消防部门做过的一起电动自行车模拟燃烧试验：电动自行车在楼道内起火后 104 秒，局部空间温度即达到 284 摄氏度，烟气温度达 81 摄氏度；269 秒后，温度达到 658 摄氏度，烟气温度升至 200 摄氏度；不到 7 分钟，温度就达到了惊人的 1105.9 摄氏度，烟气温度达 500 摄氏度；烟气中含有大量的一氧化碳、二氧化硫及氰化物，人一旦吸入后，很短时间内即会因中毒、缺氧窒息而死亡。2017 年 9 月 25 日凌晨 0 时许，浙江玉环市玉城街道一出租屋内正在充电的电动自行车，因电气线路短路引发火灾，造成 11 人死亡、2 人受伤。死亡的 11 人，全部因吸入高温有毒烟气中毒导致死亡。

【同期】浙江台州市中心医院烧伤科主任 林雪松

很多人可能体表没有烧伤，由于二氧化碳过高，缺氧窒息了，重度气毒性损伤的话，它的死亡率基本上达到 100%。

【正文】

最后，充电管理不到位，乱停乱放、违规充电也是造成电动自行车火灾的主要原因。部分城乡居民习惯将电动自行车停放在室内充电，有的甚至停放在建筑物首层门厅、楼梯间、共用走道等公共区域，加之疏于巡查管理，一旦发生火灾，高温有毒烟气体短时间内会迅速蔓延、充满与其连通的空间，导致疏散逃生困难，造成人员伤亡。电动自行车“进楼入户”“人车同屋”，以及乱拉乱接充电线路等情况，均带来了严重的安全隐患。值得我们在使用中引起高度重视。

国务院安委办部署全国电动自行车消防安全综合治理工作

【导语】

（男）电动自行车火灾悲剧惨不忍睹，乱象不容忽视。昨天（18 日），国务院安委办对全面开展电动自行车消防安全综合治理工作进行动员部署，要求从生产、销售、使用三方面提升电动自行车安全水平。

【同期】 应急管理部副部长 孙华山

要切实加强电动自行车生产企业认证管理，严厉查处无证非法生产、不按标准或降低标准生产，以及生产假冒伪劣产品等违法行为，对严重违法企业要列出“黑名单”，向全社会公示曝光，坚决把违法企业逐出市场。

【正文】

另外在流通领域，也要严把市场准入关。要重点加强对电动自行车批发市场、销售门店以及“线上、线下”销售的监督检查，严厉打击销售无证或伪造、冒用认证证书、无厂名、厂址等来源不明和不合格产品违法行为。对于电动自行车“进楼入户”“违规充电”“人车同屋”等问题，也要采取措施，从根本上给予解决。

【同期】应急管理部副部长 孙华山

要推动居民小区结合实际，建设电动自行车棚和智能充电装置，明确专人负责值守巡查看护，落实集中存放和集中充电。

【中新社】

习近平向国家综合性消防救援队伍授旗并致训词 为何频频提及“人民”

■ 中新社记者：张子扬

“永远竭诚为民，自觉把人民放在心中最高位置，把人民褒奖作为最高荣誉，在人民群众最需要的时候冲锋在前，救民于水火，助民于危难，给人民以力量，在服务人民中传递党和政府温暖，为维护人民群众生命财产安全而英勇奋斗”……

中共中央总书记、国家主席、中央军委主席习近平 9 日在人民大会堂向国

家综合性消防救援队伍授旗并致训词。外界注意到，在这样高规格的授旗仪式中，习近平致训词时频频提到一个关键词：“人民”。

新组建的国家综合性消防救援队伍，习近平为何如此重视？“人民”二字的分量，在习近平心中为何如此之重？

对于这支新队伍，习近平的讲话道出了成立的背景——是党中央适应国家治理体系和治理能力现代化作出的战略决策，是立足中国国情和灾害事故特点、构建新时代国家应急救援体系的重要举措，对提高防灾减灾救灾能力、维护社会公共安全、保护人民生命财产安全具有重大意义。

受访人士认为，当一支国家综合性消防救援队伍的成立被冠以“战略决策”“重要举措”“重大意义”等特殊定位时，足以看出其在国家治理中的重要性。

在内蒙古自治区森林消防总队总队长曹龙看来，中国是自然灾害高发频发的国家，历史上百姓曾多次遭受灾难的侵害。

“从长远的视角来观察，组建国家综合性消防队伍，是从整体上提高对自然灾害防控的能力和水平，提升减灾救灾能力，其出发点就是最大限度地保护人民生命财产的安全。这是中国共产党的执政纲领，亦与习近平总书记‘以人民为中心’的发展思想一脉相承。”曹龙说。

应急管理部教育训练司副司长刘克辉告诉中新社记者，这次组建国家综合性消防救援队伍，贯穿始终的一条主线，就是如何践行以人民为中心的发展思想，如何适应国家治理体系和治理能力现代化。

“日前印发的《组建国家综合性消防救援队伍框架方案》中，无论是明确建立统一高效的领导指挥体系，还是对消防救援队伍采取专门管理和保障办法，目的都是为了提升这支队伍的战斗力，更好地服务人民、保卫人民，切实提高人民群众的安全感、幸福感，这也是这次改革的初心和使命。”刘克辉说。

“人民对美好生活的向往，就是我们的奋斗目标。”6 年前，新任中共中央总书记的习近平，在十八届中共中央政治局常委与中外记者见面会上作出庄严承诺。中共十八大以来，“以人民为中心”、“人民立场”、“民心”、民众“获得感”，是习近平经常提及的词汇、关心的话题。

值得注意的是，今年 3 月，在十三届全国人大一次会议闭幕会上，连任中国国家主席的习近平在讲话中 80 余次提及“人民”，阐释“以人民为中心”的执政理念。

习近平明确指出，必须始终坚持人民立场，坚持人民主体地位，“把人民拥护不拥护、赞成不赞成、高兴不高兴、答应不答应作为衡量一切工作得失的根本标准，着力解决好人民最关心最直接最现实的利益问题”。

如今，面对新组建的国家综合性消防救援队伍，他再次强调，永远竭诚为民，自觉把人民放在心中最高位置。

言及消防队伍的过去及未来，习近平说，长期以来，消防队伍作为同老百姓贴得最近、联系最紧的队伍，有警必出、闻警即动，奋战在人民群众最需要的地方，特别是在重大灾害事故面前，你们不畏艰险、冲锋在前，作出了突出贡献。改革转制后，你们作为应急救援的主力军和国家队，承担着防范化解重大安全风险、应对处置各类灾害事故的重要职责，党和人民对你们寄予厚望。

习近平还对消防救援队伍强调，敢于赴汤蹈火，时刻听从党和人民召唤，保持枕戈待旦、快速反应的备战状态，练就科学高效、专业精准的过硬本领，发扬英勇顽强、不怕牺牲的战斗作风，刀山敢上，火海敢闯，召之即来，战之必胜。

在授旗仪式现场，听闻习近平的训词，北京市消防总队特勤支队高米店中队特勤班班长文志告诉记者，自己的内心是滚烫的。

【新华社】

应急管理部挂牌仪式

4 月 16 日，中共中央政治局常委、国务院副总理韩正出席应急管理部挂牌仪式，并在应急管理部指挥中心调研。新华社记者 丁海涛 摄

【中国应急管理报】

H5：消防救援换新装，生成你的制服照！

1. 线索：根据中共中央《深化党和国家机构改革方案》，原公安消防部队、武警森林部队和警种学院人员停止使用武警部队制式服装和标识服饰，统一穿着无武警标识的作训服，并在作训服左兜盖上方佩带消防救援队伍身份标识牌，应急管理部同时发布了国家综合性消防救援队伍人员标识牌式样及佩戴规则。

2. 筹划：新媒体中心负责人提前两个月召集人员研究方案，确定 H5 页面风格，展示内容，关键技术点的提前选型，用户交互设计，视频素材选取等。同时报方案给社领导审批。

3. 审批：领导审批通过，并对关键环节提出建议，作品一定要讲政治，不能出差错；一定要高标准，经得起推敲；一定要有好的用户体验，不能中间卡壳。

4. 制作：经过 1 个半月的制作研发，几次修改调整，作品最终成型。

5. 测试：最后半个月作品稳定优化阶段，前后端分离，动静分离，提高稳定性。

中国消防救援队伍
换新装了

消防指挥员
中国应急管理报新媒体中心
消防救援换新装
识别二维码
我也来换装
您是第 633345 位换装人员
长按图片秀出您的制服照
重新生成
分享海报
中国应急管理报新媒体中心制作

【人民日报海外版】

电动自行车保有量约两亿辆，相关的交通和火灾等安全事故时有发生，社会呼吁——

让电动自行车不再“任性”

■ 本报记者：邱海峰

“电动自行车客厅夜间充电引起火灾”“电动自行车超速行驶撞伤行人”……电动自行车在方便居民出行的同时，也频频出现安全事故。

如何让电动自行车安全畅行？近日，两项有关电动自行车的新举措引发关注：国务院安委会办公室决定自今年 5 月起开展电动自行车消防安全综合治理工作，同时集中整治电动自行车产品质量、维修改装和使用管理等方面存在的问题；电动自行车最新国家标准发布，新标准确定了电动自行车最高设计车速不超过每小时 25 公里、整车质量（含电池）不超过 55 公斤等多项强制性标准。

对此，专家指出，这一系列措施的出台及实施将有助于改变目前电动自行车领域大量存在的超标行驶、充电线路乱拉乱接等“任性”做法，使电动自行车便民又安全。

交通事故、火灾事故逐年增加

不论是“国际范儿”的北上广，还是西部乡间小路上，都有电动自行车的身影。今天，电动自行车已成为居民日常短途出行常用的交通工具。工业和信息化部的数据显示，中国是全球电动自行车生产及销售第一大国，目前电动自行车全社会保有量约 2 亿辆，年产量 3000 多万辆。然而，电动自行车的快速发展一直伴随着“管理难”“安全事故多”等问题。

交通安全事故时有发生。今年春节前，北京居民赵女士在下公共汽车时被逆行的电动自行车迎面撞伤，事后交警的调查发现，这辆用于送桶装水的电动自行车原本就超重，再加上逆行、超速，遇到紧急情况很难刹住车或及时躲避。这类事故并不少见，往往与超速、超重相关。据统计，2013 年至 2017 年，全国共发生电动自行车肇事致人伤亡的道路交通事故 5.62 万起，造成死亡 8431 人、受伤 6.35 万人、直接财产损失 1.11 亿元；事故起数呈逐年上升趋势，年均上升 8.6%。

火灾频发且呈逐年增长趋势。应急管理部数据显示，2013 年至 2017 年，全国共接报由电动自行车引发的火灾 1 万余起，较前 5 年增长 33.3%；2013 年以来，全国因电动自行车火灾死亡 233 人，其中引发较大以上亡人火灾 34 起、死亡 142 人。应急管理部消防局副局长琼色介绍，电动自行车在消防安全方面主要存在产品质量不过关、防火安全性能低、违规改装改造、停放充电不规范等问题。特别是一些电动自行车“进楼入户”，一旦发生火灾，燃烧产生的大量有毒烟气会在短时间内充斥整个走道和楼梯间，本来用于逃生的安全通道反而成为夺命的死亡通道。

杜绝电动自行车“进楼入户”

针对电动自行车火灾多发的情况，近日，国务院安委会办公室决定在全国范围内组织开展电动自行车消防安全综合治理工作，并从 2018 年 6 月至年底进行集中整治。这也成为应急管理部成立后在消防安全方面的一项重要任务。

具体来看，相关部门将全面排查整治电动自行车产品质量、维修改装和使用管理等方面存在的问题，包括不按标准或者降低标准生产电动自行车及蓄电池、充电器等配件；私自改装和拆卸原厂配件，私自拆除限速器等关键性组件，私自更换大功率蓄电池；电动自行车停放在建筑首层门厅、楼梯间、共用走道以及地下室半地下室等室内公共区域等等。

应急管理部副部长孙华山表示，国务院安委会已决定将电动自行车消防安全综合治理开展情况纳入安全生产和消防工作考核的重要内容，同时作为安全生产巡查和综合督导检查的必查内容。

杜绝电动自行车“进楼入户”是安全整治的关键环节。但是，不“进楼入户”的电动自行车该停在哪里充电，许多居民也有疑虑。家住北京市朝阳区一个老旧小区的李女士对记者说，“最近看到小区这边贴了不少关于不让电动自行车进入走道、房间的宣传海报，对这个我是赞同的。但我们小区没有电动自行车集中停放场所和充电设施，对于我们这些长年依靠电动自行车代步的人来说，车没地方停、停外面怕被偷、充电不方便等问题一直让人头疼。”

对此，应急管理部有关负责人介绍，在此次综合治理过程中，特别强调重点推动建设一批集中停放场所及充电设施。同时鼓励新建住宅小区同步设置集中停放场所和具备定时充电、自动断电、故障报警等功能的智能充电控制设施；推广安装电气火灾监控和可视监测系统，并加强日常巡查值守。

强制性国标保安全

提高电动自行车安全系数，“新国标”被寄予更多希望。由工业和信息化部组织修订的《电动自行车安全技术规范》强制性国家标准，将于明年 4 月 15 日实施，替代已施行近 20 年的现行标准。

新标准要求，今后电动自行车须具有脚踏骑行能力、最高设计车速不超过每小时 25 公里、整车质量（含电池）不超过 55 公斤、电机功率不超过 400 瓦、蓄电池标称电压不超过 48 伏，此外还增加了防篡改、防火、阻燃性能、充电器保护等技术要求。

乍一看，新标准比老标准还有所放宽。目前的标准最高车速为 20km/h，含电池在内的整车质量上限为 40 公斤。然而，老标准主要是推荐性标准，在很多方面不具备强制性，也未提出防篡改要求。据有关机构调查，目前大量从事商业运营的电动自行车存在超标现象。

记者前往北京市一家电动自行车销售及维修商店发现，目前不少超标车仍在销售。一位店员向记者透露，解除电动自行车限速设置很容易。据他了解，现在消费者实际使用的电动自行车最高车速往往达到 40km/h 以上，而且整车重量不少也都是超过 55 公斤的。当记者骑着电动自行车以约 20km/h 的速度在路上行驶时发现，不过 10 分钟的时间里，先后被 6 辆电动自行车超越。

强制性标准来了，有望从源头提高电动自行车安全性。工信部消费品工业司有关负责人介绍，新标准从发布到正式实施有近 1 年的过渡期，这给企业一定时间进行新产品研发、生产线调整和库存产品消化。同时，新标准也对私自改装严加防范，预计未来销售的电动自行车最高车速能切实降到 25km/h 以下。

消费者已经使用的不符合新标准的电动自行车该怎么办？工信部强调，这将由各地制定具体的解决办法，通过自然报废、以旧换新、折价回购、发放报废补贴、纳入机动车管理等方式，在几年内逐步消化。

【中央人民广播电台交通之声】

震后十年

■ **中国交通广播记者：宗锐　实习记者：张智慧**

四川消防救援十年发展 第一篇

【导语】

男：那么在“5·12”地震十年来，发生历史性变革的不仅仅是交通，在消防救援方面也是有非常多的巨大进步。

女：没错，说到消防官兵，大家可能第一反应就是救火。但其实，从 08 年地震之后，消防官兵在应急救援方面，也是发挥着至关重要的作用。

男：说到消防官兵啊，我们说了，张宇说可能是救火，但是现在在应急救援方面，我们也是带大家了解一下，今天的《速度早高峰》我们就带大家一起聆听“震后十年系列报道之四川消防救援十年发展 第一篇”。

【同期】地震发生之后，绵阳已经全城告急，到处都是人员被困，北川当时的受灾极为严重。“我们消防官兵在凌晨，就是 5 月 12 日晚上集结，然后我们就派出了第一个救援小分队，在 5 月 13 日的凌晨出发，进军北川。我分配的救援小组是在北川中学，当时的初中部整栋楼全部塌下来了，通过大型机器，从最上层开始吊，一层一层的剥开，把里面的人一个个全部救出来，唯一的印象就是有一个小女孩哭得特别厉害。两个月之后，有人来找我，来到我们消防队，拿着一张照片，背后写的是绵阳消防，然后就看到小女孩哭着被抱出来的样子，然后她拿着照片就问，这个消防员叔叔是谁？就这样才知道这个小姑娘叫安阳，之后的这十年，我和她之间因为有 QQ，随时可以看到过得都很好。”

刚才说话的这位是四川省绵阳支队消防员施政，他给我们说的故事是当时“5·12”地震时所经历的状况。作为一名消防官兵，他们第一时间挺进重灾区北川县，奋不顾身，只为救助更多的受灾群众。但是由于当时的技术装备不够完善，因此，在救援效率上没有达到最高！

四川消防总队绵阳支队司令部战训科张德峰向记者说：

【同期】之前，我们应急救援力量消防这一块还没有专业的队伍，没有专业的装备，平时的训练也没有针对性的训练，人员的组成都没有针对性的准备。

绵阳市消防支队特勤中队长助理肖显辉也略带遗憾的表示：

【同期】当时的装备还是比较落后，只有一些简单的破碎工具，比如手锤破碎工具、液压剪等，其他像生命探测仪啥的都没有。如果当时有现在的救援技术经验，还有现在的高精端的技术装备，那我想在当时，我们一定会营救出更多的被困人员。

就这样，他们利用最薄弱的技术经验和最简单的工具，使出自己最大的努力去救助每一个人。如今，十年过去了，大家累积经验，继续前行！在这十年里，消防救援取得巨大进步。

四川消防总队绵阳支队战勤保障大队大队长牟波羊从战勤保障方面告诉我们当时的情况：

【同期】08年之前，绵阳支队就没有战勤保障大队，是08年地震完了以后，我们绵阳支队才成立了战勤保障大队，当时我们战勤保障大队一共只有两个人。

牟波羊说，虽然建立了战勤保障大队，但是出任务就像打游击战，根本谈不上战时保障，更谈不上日常的联行联动。

【同期】比如说遇到了突发情况，才马上给相关单位打电话联系，要不然去超市采购什么的，当时就根本没有储存方面的东西。到后来慢慢的日积月累才形成了现在我们战勤保障大队一共有接近一万件器材装备，有16辆车，包括供气、供液、供油、餐饮保障、战地抢修、远程供水、物资运输以及一些模块。特别是去年抗震救灾的时候，我们建立了一个三级体系，包括前线、中转站、后方增援，能够给前线官兵带来更多的更充沛的物资保障或生活保障。

08年“5·12”地震发生后，通过党和政府的支持，通过全体消防官兵的努力，目前在队伍建设以及装备建设方面，都取得跨越式的发展。

四川省消防总队绵阳支队参谋长吕小荣表示：

【同期】我们是从“5·12”汶川特大地震，到玉树的地震，还有庐山的地震，还有去年茂县山体高位垮塌，还有九寨沟地震，过后我们有针对性地建立了专业的队伍，比如说轻型搜救队、重型搜救队、搜救犬分队等等都逐步完善了。下一步我们要更加细致地把分工明确，进一步实现我们救援工作的需要。

【编后】

男：看到我们的消防应急救援事业越来越好，我们也感到很欣慰！最后我还是想给这些默默付出、无私奉献的消防官兵们点赞！

女：明天同一时间，我们将继续为您播出“震后十年系列报道 —— 四川消防救援十年发展 第二篇”，带您了解08年地震过后，汶川重灾区的救援状况以及消防事业的发展历程，敬请关注。

四川消防救援十年发展 第二篇

【导语】

女：昨天，我们的《速度早高峰》带大家了解了，四川省绵阳市在震后十年消防救援的发展历程。今天呢，我们继续带领大家走进“震后十年系列报道之四川消防救援十年发展 第二篇”，了解08年特大地震后，汶川消防救援的发展状况。

【正文】

2008年5月12日，一场破坏程度之强、波及范围之广的地震，在所有中国人心中烙下了无法抹平的伤痛。

而这道伤痛也烙在了曾经在汶川消防大队服役的程先生心里：

【同期】5月12日的时候，那天摇得比较厉害，当时我们还以为是哪里放炮把我们的房子震动了，因为还没有怎么经历过地震，不知道怎么办，就感觉很慌，然后有人跑出来就喊地震地震，然后我们就跑到了坝子里，马上我们中队和大队领导就喊我们集合，集合完我们就都出动了。

这场突如其来的地震，让大家措手不及，就连消防官兵到现场都感到很震惊。

四川阿坝州消防支队司令部警训科科长葛超介绍说：

【同期】进入茂县县城，我们很震惊，因为没见过这种场面，当时沿着公路全是帐篷，当时我们消防大队也就10多个人，主要负责整个茂县县城的火灾防控、灭火救援。

据了解，地震前，汶川全县13个乡镇都没有消防队，基础设施滞后，农村火灾时有发生，消防安全形势不容乐观。“5·12”地震时，又由于装备建设不完善，因此在救援过程中，消防官兵有时都无能为力。

四川阿坝州消防支队汶川大队大队长司龙斌向记者说道：

【同期】以前搜救，如果有生命迹象，只能靠喊，汶川以前连个砸压机都没有，以前好像有个手动的东西，汶川我记得最多的就是车上有两个钢钎，有两把消防斧，还有铁挺。

然而，灾后重建给汶川消防事业发展带来了历史性的机遇。队伍分配、装备建设等都有很大的发展。

葛超：

【同期】十年变迁可以说很大，可以说现在每个县，我们现在有13个县，14个消防大队，14个消防中队，这就是十年的发展。最早就14个消防大队，3个消防中队。现在一下就变成了20多个队伍。现在我们的消防车辆、船艇，全州已经达到110多台，各类装备几万件套。

“5·12”汶川特大地震，对于消防官兵来讲，是一个起点，未来他们将继续传承当时的抗灾精神，继续磨炼自己坚韧不拔的意志！

四川省消防总队宣传处处长魏庆说道：

【同期】十年前的那场战斗，应该说是抢险救援的强度是前所未有的，这过程中，全国的消防官兵都来了，我们也凝结成了当时抗震救灾的精神，就是心系人民，舍己救生，坚韧不拔、战斗到底。这个精神是需要传承的，也只有融入我们的基因才能代代相传，所以说我们的这个精神呢，需要通过不断地强化我们的意志品质教育，在实战中去磨砺。

【编后】

女：好，非常感谢宗锐和智慧带来的报道，那么明天同一时间，我们将继续为您推出“震后十年系列报道 —— 四川消防救援十年发展 第三篇”，带您一起见证四川消防事业的发展！

四川消防救援十年发展 第三篇

【导语】

男：昨天，《速度早高峰》带大家了解到，四川省汶川县在震后十年消防救援的发展历程。

女：是的，今天，我们的《速度早高峰》继续带领大家走进“震后十年系列报道之四川消防救援十年发展 第三篇”，了解 08 年特大地震之后，成都、德阳等其他重灾区的消防救援发展状况。

【正文】

十年前的四川特大地震震动了全国。如今，地震灾害在各方支援下重获新生。十年间，成都、德阳等重灾区的消防事业有着突飞猛进的发展。其中，就为了提高救援效率而建起了很多新型救援队。

四川消防德阳支队司令部警务科科长杨志均介绍说：

【同期】08 年“5·12”地震以后，我们全省消防部队根据整个作战流程、现场的指挥体系和队伍的装备等等，我们全省城组建了 20 余支重型搜救队。虽然如此，但重型搜救队在具体救援过程中还是存在一定的弊端。

杨志均：

【同期】主要就是推进速度比较缓慢。因为我们的车普遍比较大，队伍人员很多，我们在集结过程中，过程又很长，所以我们推进速度就很慢，不能够第一时间到达现场。那么基于这种原因吧，我们支队党委就专门研究了一下这个解决的方案，那么我们就提出从我们重型救援队里面专门选拔出一批 15 人的一只快速反应力量，作为我们的一个快板突击队，命名为“猎隼突击队”，意义就是为了第一时间到达开展处置。

为了第一时间到达现场开展救援，为了救助更多的人，为此，成都消防支队在 2011 年 8 月 26 号也成功建立了“飞豹”突击救援队，之所以取名叫“飞豹”，就是代表反应敏捷和突击力。

成都消防特勤中队一中队中队长叶健说：

【同期】08 年“5·12”大地震以后，经历了比较多的自然灾害，比如 2010 年的都江堰泥石流、舟曲泥石流这一系列的灾害，让我们也在总结，我们支队党委就审时度势、超前思维，提出了组建了一支一专多能、机动灵活、快速高效的“飞豹”救援队，这也是国内城市中的第一支配备野战越野车跨区域救援的队伍。

据了解，“飞豹”救援队的最大特点就是“快”和“轻”，在灾难发生后，他们要第一时间响应、第一时间集结、第一时间出动、第一时间到达、第一时间救人！ 700 公里以内的灾害救援，半小时集结完成，700 公里以外的灾害救援，他们在 2 小时之内就可以集结完成并出发。

叶健：

【同期】由 7 台车和 27 名官兵组成，我们“飞豹”车的体积小通过率高，所以说有灾害事故现场的时候，我们“飞豹”作为轻型救援队能在第一时间快速到达现场，我们到达之后，最主要的任务就是要做一些侦查和搜救被困群众。

自 2008 年“5・12”大地震后，各消防官兵都不负重托、勇担使命，在上级部门的领导与支持之下，四川省消防部队建立了自上而下、全区域覆盖的应急救援体系，同时，在救援车辆和救援装备方面都有了很大的发展。

四川省消防总队宣传处处长魏庆表示：

【同期】08 年 我们可能只有 600 多台，现在有 2000 多台，器材装备由过去的 9 万件套，到现在 50 多万件套，应该是一个长足的发展，在四川过去，搜救犬队是没有的，现在都有了。

十年的征程，消防官兵高大伟岸的形象早已被广大人民群众所认可，但对他们而言，这些只是在履行心中的一个使命 —— 心系人民。

魏庆：

【同期】作为军人来说，这是我们应尽的职责，这是我们应尽的义务，对群众来说，可能他们有困难的时候就会想到 119，在拨打 119 之后，不管您在什么样的情况下，我们都要去帮助你，把你从危险的环境当中带出来。

三等奖

2018 年度

应急管理好新闻获奖作品

2018 年度
应急管理好新闻获奖作品

【中新社】

一图读懂 · 冲击地压

10月20日23时，山东龙郓煤业有限公司1303泄水巷发生冲击地压事故，牵动人心。一起来了解冲击地压⬇

① 什么是冲击地压？如何形成？

冲击地压是指煤矿井巷或工作面周围煤（岩）体由于**弹性变形能的瞬时释放**而产生的**突然、剧烈破坏的动力现象**，常伴有煤（岩）体瞬间位移、抛出、巨响及气浪等。

冲击地压的发生具有**突发性、瞬时震动性、巨大破坏性**特征，事先难以确定发生的时间、地点和强度。

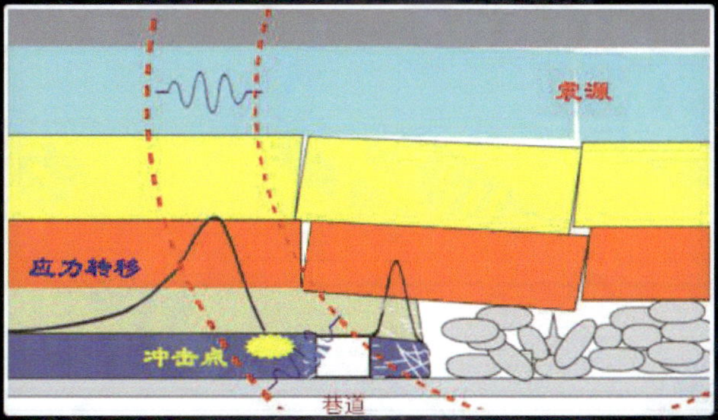

煤岩体中静载荷与矿震形成的动载叠加之和大于诱发煤岩体冲击的最小载荷，就会诱发冲击灾害。

② 可能会造成哪些危害?

煤矿冲击地压不仅危害程度大，影响面广，而且是**诱发其它煤矿重大事故的根源**，冲击地压发生时还可能诱发**瓦斯异常涌出、煤与瓦斯突出、突水、瓦斯爆炸**等灾害，造成更为严重的后果。

③ 如何预防冲击地压?

冲击地压事故预防措施主要有：**冲击危险性预测、监测预警、防范治理、效果检验和安全防护综合性措施。**

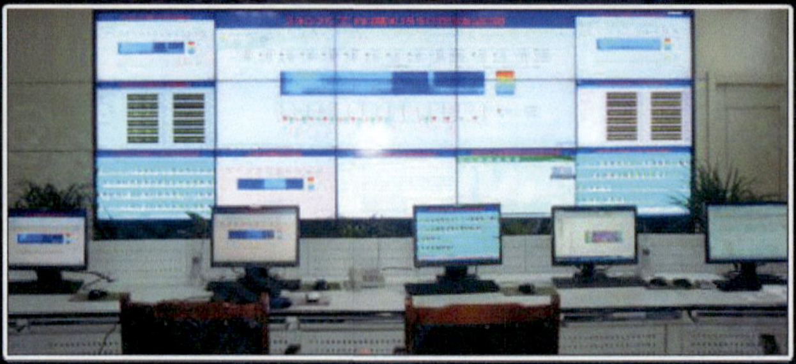

冲击地压监控中心

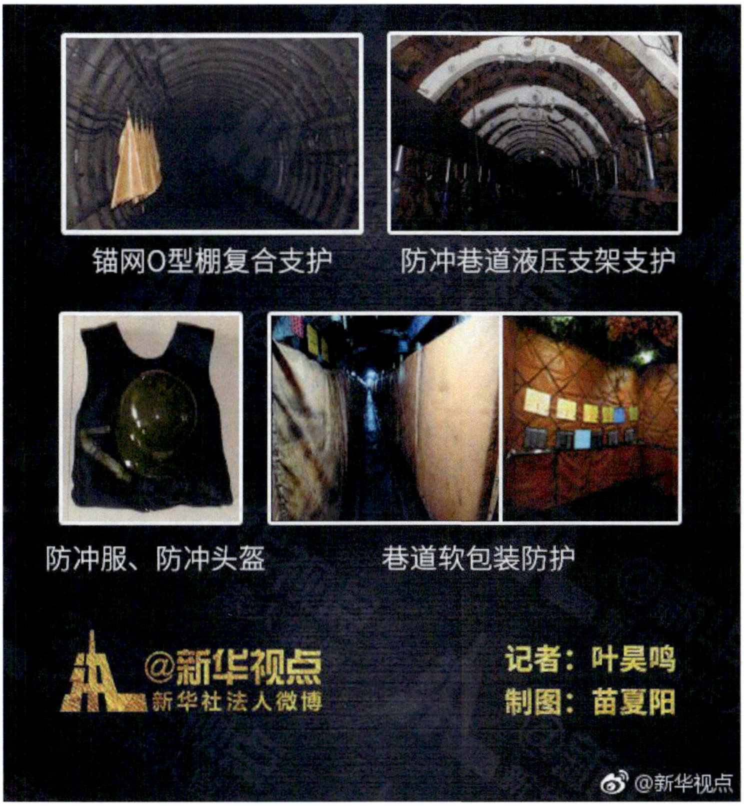

锚网O型棚复合支护
防冲巷道液压支架支护
防冲服、防冲头盔
巷道软包装防护
@新华视点
新华社法人微博
记者：叶昊鸣
制图：苗夏阳
@新华视点

【光明日报】

守护好文物建筑的今天与明天

■ 作者：彭景晖

中国是文明古国，文化遗存深厚，文物建筑的种类丰富、数量多，一砖一瓦、一石一木皆是沧桑历史的见证、民族智慧的凝结。它们所积淀的重要价值，不只是记录过去，还深刻地影响今天人们的艺术审美、风俗习惯和民族性格，它们是人们吸取前人经验、传承文化基因的重要源泉。从这个意义上说，文物建筑的消防安全工作既保护着我们的物质财富，也保护着我们的精神财富。今天，我们不能不把文物建筑的消防安全工作真正重视起来。

2018 年 9 月，巴西里约热内卢的国家博物馆遭遇大火，大量文物藏品付之一炬。它造成的损失远不是用数字就可以简单计算的，用巴西学者的话来说，大火烧毁的不只是 2000 万件珍贵藏品，更烧掉了它们所承载的 200 年巴西的历史和文化。被大火吞噬和损坏的文物建筑成为这个城市难以抚平的伤痕，也为所有人敲响了警钟。

我国相关部门立即行动了起来，就在当月，应急管理部、文化和旅游部、国家文物局联合印发《博物馆和文物建筑消防安全大检查工作方案》，部署 9 月至 12 月博物馆和文物建筑消防安全的主要任务。这是深刻吸取巴西国家博物馆火灾事故教训的体现，也是贯彻落实党中央关于加强文物保护工作的重要指示精神的具体实践。

自古以来，我国就有保护文物的优良传统。正因如此，才保证了中华文明一脉相承，文明史从不间断。今天，系统化、智能化与“互联网 +”成为许多行业和领域寻求发展突破的主要途径，文物建筑的消防安全工作也涌入改革创新的大潮，经历着前所未有的现代化进程。

然而，保障文物建筑的消防安全不是件容易的事。我国文物建筑大多数为木质结构，经过长年的风吹日晒，这些建筑极易燃烧，而建筑之间的空间距离往往较为窄小，容易导致火势蔓延；很多古建筑群落远离城市，坐落在偏远、交通不便的郊区或乡村，缺乏专业的灭火设备和人员，一旦发生灾情，消防队伍难以及时抵达；同时，电器问题、天气原因、人们的节庆活动及日常生活等多方面原因，使文物建筑存在较高的火灾风险。

值得欣慰的是，我们国家的消防工作不断取得进步。2018 年 3 月，中华人民共和国应急管理部组建起来，消防工作经过细化整合，逐步形成了更健全、更科学的工作机制和布局，使我们国家的消防工作站在了新的起点，打开了新的局面。一方面，火灾风险管控机制逐步完善，消防部门联合文物管理部门等将消防规划融入日常管理工作并形成常态化，建立了科学合理的文物建筑消防工作预警系统；另一方面，消防队伍的专业素质和能力水平在不断提高，能根据不同的文物建筑及藏品，进行因地制宜的防控和救济，最大限度地减免灾害造成的损失。

长远地看，文物建筑的消防安全工作需要在多个方面取得突破。我们需要建立并完善现代化消防制度，使前期调研、中期执行、长期防控运转协调，使消防、文物保护、林业等相关部门能够高效合作；我们需要大力研制和开发适合文物建筑的消防装备，培养和提高消防队伍和群众消防团体的专业能力和防治水平。最为关键的，是全民要树立起保护文物建筑的消防安全意识，并切实付诸行动。

如何对待文物建筑的消防安全工作，不只反映着人们如何对待历史、面对过去，也体现着人们如何对待自己、面对未来。我们不应该完全依赖消防部门来履行保障文物建筑消防安全的责任，人民群众应踊跃加入到保护工作中来，像爱惜自己生命一样保护文物建筑的消防安全，让文物建筑的价值充分服务于当代生产生活，让子孙后代能与我们共同享有文物建筑凝结的物质和精神遗产。这是我们每一个当代中国人应担负起的神圣责任。

【法制日报】

国务院安委办约谈多地政府负责人

—— 要求事故多发地方落实整改措施强化监管

记者近日从国务院安委会办公室了解到，今年以来，国务院安委办多次对部分发生安全生产事故地区的政府主要负责人进行约谈，分析问题，提出整改要求；约谈后，又进行了跟踪督办、一抓到底。

出台措施推动属地管理责任落实

今年 2 月底，国务院安委会出台了《安全生产约谈实施办法（试行）》（以下简称《办法》），对发生重大事故、安全生产工作不力的两大类 12 种情形发起对相关政府负责人的约谈。

记者注意到，今年 4 月 23 日，应急管理部召开挂牌后的第一次部长办公会议就是贯彻落实《办法》，要求对工作不力、发生重特大事故的，及时约谈地方政府负责人，推动属地管理责任落实。

今年 6 月份以来，国务院安委办先后约谈了山西运城、河南南阳、河北邢台、黑龙江哈尔滨等地区的政府负责人，指出了问题、分析原因，提出整改要求。

6 月 14 日，国务院安委办约谈了辽宁省政府和本溪市政府。6 月 5 日，本溪市龙新矿业公司思山岭铁矿措施井井口发生炸药爆炸，造成 14 人死亡。事故发生在上合组织青岛峰会前夕和安全生产月期间，引发社会广泛关注。特别是今年以来，辽宁省已发生两起重大事故，死亡和失踪 24 人，事故起数和死亡人数占全国总数的 1/3，均排全国第一；发生较大事故 11 起死亡 50 人，同比分别上升 10% 和 42.9%。

6 月 15 日，国务院安委办分别约谈了广东省东莞市、河北省邢台市政府主要负责人。其中，东莞市接连发生 3 起较大事故，包括 1 起建筑施工事故、1 起工贸事故和 1 起道路运输事故，共造成 12 人死亡。邢台市发生 3 起较大事故，涉及道路运输、煤矿、工贸行业领域，共造成 9 人死亡。事故暴露出企业层面安全意识淡薄，安全保障水平低，主体责任不落实，风险辨识管控和隐患排查治理流于形式，事故应急处置能力差，“三超一疲劳”等交通非法违规行为突出等问题，也反映出监管层面存在很多薄弱环节。

8 月 6 日，贵州六盘水盘州市梓木戛煤矿发生重大煤与瓦斯突出事故，造成 13 人死亡、7 人受伤。这起事故是今年全国第一起煤矿重大事故。事故反映出企业安全基础薄弱、技术管理不到位、没有按规定采取瓦斯治理措施以及地方安全监管工作不细不实不严等问题。

问题地区完善制度建立长效机制

今年 10 月，应急管理部派出检查组，前往上述地区，就各地吸取事故教训、落实约谈要求，举一反三完善安全生产长效机制等方面，进行了检查。

据介绍，约谈后，辽宁省出台了《辽宁省党政领导干部安全生产责任制实施细则》，明确由常务副职分管安全生产工作。目前，辽宁省政府和全省 14 个市均全部调整到位，全省 114 个县区中已有 102 个调整到位。针对事故暴露出的问题，辽宁省委开展了以“矿权减量、矿业转型、矿企安全、矿山生态、矿区稳定”的综合治理。

被约谈后，东莞市委市政府分别召开了市委常委会、政府常务会，分析问题、研究举措。东莞市修订了《党政部门及中央和省驻莞有关单位安全生产工作职责》，对打击违法建设职责不清等问题进行了明确，将分类对镇街加大安全投入，每年安排不少于 400 万元至 1000 万元的安全生产专项资金（约谈前为 10 万元至 400 万元）；安排不少于 5 辆至 8 辆执法车辆，较约谈前增加了 1 倍。

邢台市政府对照安全生产目标管理责任书，修订了目标管理考核办法，将考核结果全市通报，并作为干部选拔任用、评先奖优的重要依据。该市明确了35个市直部门的125项安全生产监管责任，确定了气代煤、大型城市综合体、玻璃栈道等领域的监管部门和职责。

六盘水市和盘州市政府分别制定了18条和20条整改落实措施。贵州省还组织全省各级381名监管监察人员，组成53个检查组、明确75项重点必查内容，对全省所有正常生产建设煤矿和煤矿上级公司开展了安全生产大检查；累计排查并责令125处煤矿、261个采用本煤层顺层钻孔预抽煤巷条带瓦斯作为区域防突措施的掘进工作面停止施工，逐个对区域防突措施实施情况进行核实。该省还决定，启动煤矿瓦斯灾害防治三年攻坚行动。

一些地区仍存反思不深措施不硬

应急管理部还派出检查组对相关地区展开“回头看”检查，发现尽管相关地区纷纷采取措施推进责任落实，但由于基础薄弱、认识不到位等原因，一些地区、部门和单位仍然存在反思不深、力度不足、措施不硬等情况。

检查发现，东莞市违法违规生产经营问题突出。今年以来，当地发生的3起较大事故都存在明显的违法违规行为。一些企业和个人受经济利益驱动，未经批准擅自建设或改扩建房屋或厂房，偷建、抢建行为时有发生。在东莞市特有的“市管镇”扁平式行政管理体制下，缺少区级执法机构，安全监管人员编制较少，不能满足城市快速发展的实际需要。

在六盘水市，有的企业甚至简单机械地整改存在的问题。金佳煤矿在未对照防突要求进行安全论证的情况下，将原来采用本煤层顺层钻孔预抽煤巷条带瓦斯区域防突措施施工的煤层巷道，直接调整布置到沿煤层顶板施工，且没有采取相关措施。水城矿业公司大河边煤矿8月份矿长下井14次、只有1次记录。

在邢台市，一些企业管理混乱，邢台天马旅游汽车公司主要负责人不清楚自身安全管理职责，企业未严格执行对驾驶员超速、疲劳驾驶等违规行为的内部处理制度。

对“回头看”中发现的问题和隐患，检查组高度重视，有的现场提出整改要求，有的要求从体制机制上采取有力措施，压实安全监管责任和企业主体责任。

【中国日报】

中国应急管理阔步前行（翻译稿）

——中国建立的高效应急管理体系已展现诸多优势

■ **作者：侯黎强**

人类从未停止过和自然的抗争。在当今世界，建立一套能够有效降低自然灾害伤亡和损失的应急体系是世界各国政府努力的方向。然而，纵观全世界，造成较大伤亡的灾害事件仍频繁见诸报端。

在此背景下，中国在应急管理方面的改革举措对世界各国具有广泛的借鉴意义。

在最新的机构改革中，中国成立了应急管理部，构建了高效统一的灾害应急机制。尽管应急管理部刚组建约半年时间，但中国自然灾害人员伤亡和财产损失均实现了大幅下降。

比如，这套高效应急体系在应对超级台风“山竹”中就处处彰显了它的强大优势。

“山竹”于 9 月 16 日在中国广东登陆，据相关报道，仅 2 天后，这个超级台风就造成中国大陆 5 人死亡，1 人失踪，导致直接经济损失超过 50 亿元。

然而，通过与路径相似、强度相近的 2008 年“黑格比”、2015 年“彩虹”、2017 年“天鸽”这三号台风相比，就不难发现“山竹”造成的失踪和死亡人数及直接经济损失均大幅下降。

据应急管理部介绍，“山竹”造成的死亡失踪人数较前三号台风的均值减少 82.5%；直接经济损失较前三号台风的均值减少 78%。

应急管理部救援协调局局长郭治武告诉记者，在“山竹”登陆前，应急管理部就先期派出3个工作组到各个灾区协助地方政府开展防范工作，主要是转移灾区的群众，准备救灾的器材，制定救灾的预案。

“灾害来临以后，工作组迅速协助地方政府，帮助地方政府开展救灾活动，根据灾害的情况，随时调动灾区的力量，特别是调动一些跨区的力量实施救援。”郭治武说。

9月13日接到台风“山竹”达到超强台风级别并将影响我国的预报后，从中央到地方便开始按照应急预案提前布局，积极应对。应急管理部提前将广东、海南、广西三地的2万多名消防官兵、60多个救援机动队调动到重点防御区域。

另外，应急管理部部署浙江、安徽、江西、福建、湖北、湖南6个消防总队以及7支国家安全生产应急救援队伍3600余人待命增援。中央救灾物资福州、长沙、南宁、昆明等储备库也做好了救灾物资调运准备，确保一旦灾区需要，中央救灾物资能及时运抵灾区。

郭治武介绍，应急管理部还建立了由该部牵头，自然资源部、水利部、国家气象局等相关部门以及军队参加，进行多方联合会商的应急响应的联动机制。

“同时我们还研究制定了应对特别重大灾害应急预案、应急响应的工作手册和相关的保障制度，保证一有情况能够快速反应。”他补充说。

在中国最新一轮机构改革中，新组建的应急管理部整合了原来11个部门的13项应急救援职责以及5个国家应急指挥协调机构的职责。

按照中央的决定，今年全国公安消防部队和武警森林部队，20万官兵整体转制，组建国家综合性消防救援队，由应急管理部管理。

应急管理部应急指挥中心副主任周伟向记者表示，中国社会主义集中力量办大事的制度优势，在救灾工作中体现得非常充分。这种制度方面的优势，形成了在救援过程中决心一致，力量同向。

中国的制度优势在寿光水灾应对中也得到了充分的彰显。今年8月18日山东寿光多地连降暴雨，造成弥河流域上游多个水库水位暴涨。为确保水库安全，上游水库向下游泄洪，造成多个村庄河水猛烈倒灌，情况危急。

郭治武表示，应急管理部当时事先派出了一个现场工作组，先期对灾区灾情进行勘查。排查发现现场急需排涝设备。

“我们从山东、河北、天津、江苏等省（区、市）调集了 7000 余名消防队伍和相关的安全生产应急救援队伍，携带排涝的大量装备赶赴到灾区，帮助群众进行排涝。”他说。

据了解，应急管理部还搭建了信息汇聚的平台。通过建设突发事件信息报送系统，实现了各地应急管理部门、部内有关司局和单位以及国务院各部门、各省（区、市）人民政府办公厅通过该系统向应急指挥中心报送各类灾害事故信息，保证了该部第一时间掌握灾害事故动态。

清华大学公共安全研究院院长、中国工程院院士范维澄表示统一指挥在中国的《中华人民共和国突发事件应对法》中有明确的法律依据。

他表示，这个统一指挥并不是无的放矢，而是有预案的。

他说：“一旦发生事情的时候，确实就有人负责，而且他的负责会非常的积极主动，同时也是科学的进行应对。这跟中国的制度优势、政治优势和组织优势密切相关。”

【中国化工报】

涉硝企业事故频发，三问硝化工艺安全

■ 作者：高重密 张欢

7月12日18时30分，四川省宜宾市江安县的宜宾恒达科技有限公司发生重大爆炸着火事故，造成19人死亡，12人受伤。根据应急管理部在7月17日组织召开的事故现场会上通报的信息，该企业无论是原设计生产的5-硝基间苯二甲酸等两种产品，还是擅自更改工艺后实际生产的咪草烟和三氮唑，生产过程均涉及多种重点监管危化品及多种重点监管工艺，如硝化、氧化、重氮化等。

说到硝化工艺，业界对去年12月9日发生的江苏聚鑫生物科技有限公司重大爆炸事故还记忆犹新，再加上去年江西九江之江化工公司“7·2”爆炸事故、内蒙古阿拉善盟立信化工有限公司“2·21”爆炸事故，以及2015年的山东滨源化学有限公司“8·31”重大爆炸事故……有数据统计，近年来，全国范围内涉及硝化工艺的生产企业共发生7起重大和较大事故，共导致71人死亡，184人受伤。频发的安全事故让我们不禁对硝化工艺产生了多个疑问。

一问：落后工艺何时能淘汰

硝化工艺具有几个特点：一是反应速度快，放热量大，大多数硝化反应是在非均相中进行的，反应组分的不均匀分布容易引起局部过热导致危险；二是反应物料具有燃爆危险性；三是硝化剂具有强腐蚀性、强氧化性，与油脂、有机化合物（尤其是不饱和有机化合物）接触能引起燃烧或爆炸；四是硝化产物、副产物具有爆炸危险性。因此，一旦发生事故，往往反应时间短，破坏威力大，极易造成群死群伤。

“要控制硝化反应的风险，最根本的方法就是从工艺着手，通过使用连续硝化工艺，从源头遏制发生事故的可能性。”河南洛染股份有限公司董事长、总经理段孝宁向《中国化工报》记者表示，“从近几年行业内发生的各种硝化工艺事故不难看出，即使是半自动工艺都很容易发生危险，就更别说一些企业采用的手动控制工艺了。粗放式的工艺，最终很可能会以爆炸结束。”

中国兵器工业甘肃银光化学工业集团有限公司高级技术顾问尹世英介绍说，在老式的间歇式硝化工艺中，每一次反应结束后，反应物都没有反应完全，混合物就这样进入到分离器中。而分离器中没有搅拌和冷却装置，未反应完全的混合物在分离器中会继续发生反应，导致反应器内外存在较大的温差，给整个生产过程带来安全风险。

“间歇式硝化工艺的反应物必须按照严格的配比进行投料，一旦有较大误差，就容易发生事故。”尹世英说。

“洛染用实际的生产效果证明，连续硝化生产工艺所带来的安全水平提升是巨大的，基本保证了 99% 以上的生产安全风险被避免，需要人工消除的风险几乎没有。”段孝宁介绍，在生产过程中，连续硝化工艺保证了班组能够最大程度地远离生产现场，在生产车间外的控制室就能完成对生产全过程的管理，且操作方便，仅需要 1~2 名巡检工人每隔两小时在现场进行一次巡检即可。“应用了连续硝化工艺后，我们作为企业的管理者，在晚上才能真正睡个踏实觉了。”段孝宁说。

段孝宁还表示，国家早在“十二五”期间就已经开始在行业内推广连续硝化工艺，但直到现在，连续硝化工艺在行业内的应用比例仍不高，仅有几家企业使用。

在江苏聚鑫生物“12・9”事故现场会上，原国家安全监管总局也专门要求各地区立即开展涉硝基苯生产企业安全专项整治，要查明工艺技术是否安全可靠。但现实的效果似乎不太理想。

为什么？一位不愿具名的业内人士说："企业坚持采用间歇式硝化工艺的最大原因，是可以根据市场行情随意更改工艺路线，生产销量更大的其他产品。"

此次宜宾恒达科技"7·12"重大爆炸事故也证实了这一点。该公司原来备案的是年产2000吨5-硝基间苯二甲酸、300吨2-(3-氯磺酰基-4-氯苯甲酰)苯甲酸项目，从今年3月起，却开始生产咪草烟的中间体PDE，并在6月开始试生产咪草烟和三氮唑，以及开展邻乙基对硝基苯胺的中试。

"在工艺安全上，洛染以前是有过严重教训、交了不少学费的，这也促使我们坚决进行工艺升级，采用先进的连续硝化工艺。"段孝宁表示，很多化工企业对硝化工艺的危险性认识不足，存有侥幸心理，缺乏壮士断腕的精神进行工艺升级改造，最终吃到苦果是必然的。

二问：反应风险何时能评估

在江苏聚鑫生物"12·9"重大爆炸事故之后，江苏、山东、浙江等东部省份接连发文要求开展包括硝化、氯化等在内的爆炸性反应的风险评估。早在去年年初，原国家安全监管总局就下发了《关于加强精细化工反应安全风险评估工作的指导意见》，要求涉及重点监管危险化工工艺以及金属有机物合成反应（包括格氏反应）的间歇和半间歇反应的企业，根据情况开展反应风险评估。

中国化学品安全协会总工程师程长进介绍说："硝化反应在小试或者中试时，反应器较小、物料均匀、反应温度好控制。一旦工业化，换成大的反应釜，情况就完全不一样，风险会大大增加。国外的大型化工企业如杜邦等都有自己的实验室，对工艺进行风险评估，不适合放大作业的工艺坚决不会工业化，但国内企业很少做这项工作。"

"反应风险研究和安全风险评估，能够从本质上研究工艺的安全性和可靠性，并通过风险研究有效指导工艺优化，为工艺设计提供参数。"应急管理部化工过程本质安全技术创新中心主任程春生向记者表示，近几年硝化工艺企业的事故时有发生，国家对硝化工艺安全管理十分重视，要求开展爆炸性化学品生产装置风险评估。以前关于硝化反应的安全参数都没有，现在这些参数有了，这是很大的进步。

“但从我们接触的情况来看，目前开展反应风险评估的基本都是东部企业，尤其是浙江的企业，而西部的硝化企业几乎没有开展反应风险评估的。”程春生说。

就在宜宾恒达科技“7・12”重大爆炸事故发生的第二天，浙江省安监局下发紧急通知，要求持续强化爆炸性化学品装置的安全监管工作。通知要求，凡是涉及硝基化合物（如硝基苯、二硝基苯、硝酸胺）等自身具有爆炸性的化学品生产装置，必须全面开展风险评估；凡涉及放热或加热的反应、蒸馏、稀释等工序的新建精细化工装置，在设计阶段必须提供热风险安全数据，数据不明的，必须开展热分解测试等风险评估工作。

浙江省安监局危化处处长张晓冬告诉记者:“浙江省 31 家企业有硝化工艺，以染料相关企业为主。目前，29 家企业已经完成了反应风险评估，2 家正在进行评估，且这 2 家企业目前处于停产状态。”

随着浙江省安监局紧急通知下发的，还有浙江省专门制定的《硝化工艺本质安全提升参考标准》。“只要企业能达到这 20 条标准，就能保证安全风险基本可控。”张晓冬说。

《中国化工报》记者发现，这 20 条标准中很重要的一条，便是开展工艺风险辨识，全面收集生产过程涉及的化学物料特性、工艺和设备等方面的安全生产信息，提出工艺控制要点、设备选型要求、操作冗余要求、检查要点等安全要素参数。

三问：安全意识何时能提升

“这几年国内发生的硝化安全事故都反映出一个问题，很多企业对硝化工艺的安全风险不自知，没有认识到这个工艺的危险性。”程长进向记者表示。

山东昌邑灶户盐化有限公司副总经理徐立国也表示，硝化工艺在试生产期间很容易发生事故。在进行试生产时，设备新、人员新，员工和设备之间仍处于了解熟悉的状态，一旦前期培训不到位，或者员工自身疏忽，很容易造成不按规程操作，导致事故发生。

根据山东滨源化学有限公司“8·31”重大爆炸事故的调查报告，在事故发生前一刻，该公司在第三次投料试车紧急停车后，车间和工段负责人违反相关规定，强令操作人员卸开硝化再分离器物料排净管道法兰，打开了放净阀，向地面排放含有混二硝基苯的物料。这种对工艺危险性认识不足、强令冒险作业的行为，最终导致了事故的发生。

在江苏聚鑫生物“12·9”重大爆炸事故中，该企业也是擅自取消保温釜爆破片，使设备安全性能降低；擅自更改压料介质，擅自改造环保尾气系统，带来事故隐患。

此次宜宾恒达科技“7·12”重大爆炸事故也是如此。根据初步调查，企业实际控制人原从事机械加工业，无化工学历和从业经验，对化工生产的风险没有任何认知，安全意识、法制意识淡漠，也不懂管理。车间副主任罗某甚至只有小学三年级的文化程度，今年2月入职，因曾在山东、江苏等地干过几年化工企业操作工，6月就被提拔为车间副主任。这些人员对本岗位生产过程中存在的安全风险基本都不清楚。

为此，应急管理部党组成员王浩水在事故现场会上再次强调，各地区要立即组织开展辖区内精细化工企业安全专项排查。重点排查企业主要负责人、安全管理人员是否依法考核合格，特种作业人员是否具备从业资格，把人员素质、安全管理能力等作为安全准入的必要条件。

【中国能源报】

贵州梓木戛瓦斯事故 13 人遇难！有钱，谁会去挖煤

■ 记者：武晓娟

8 月 6 日 21 时，贵州省盘州市石桥镇梓木戛发生煤与瓦斯突出事故，4 人死亡 9 人失联。经过 50 多小时的救援，8 日 23 时，9 名失联人员全部找到，但均已无生命体征。至此，此次事故死亡人数升至 13 人。这是我国煤矿今年发生的第一起重大事故。

矿难，如难以解除的魔咒，又一次吞噬了矿工鲜活的生命。

有钱，谁会去挖煤

“兄弟俩就都这么走了，人都挺好，很随和。他们走了，只剩下老人孩子和媳妇，他们的日子怎么过啊。”与几位遇难者同村的村民张虎对记者表示，感到十分心痛。

另一位村民王黔向记者透露，13 名遇难者中，有两对亲兄弟。在王黔眼里：“经济紧张才会去挖煤，条件好、有钱，谁还会去挖煤？而且他们也没有一技之长，只能干这个活儿。”

遇难者中，有 8 名来自云南省富源县大河镇恩乐村委会。

“云南很多地方太穷了，他们很多都出来挖煤。”王黔对记者说。

靠挖煤挣钱，用煤来养家，这就是现实。一些不富裕地区，由于技术单一，还主要依靠资源脱贫。煤矿入职门槛低，专业人才缺少也是不争的事实。

近年来，煤价重回高位；素有“西南煤海”之称的贵州省，作为“西电东送”的主战场，频频陷入煤电紧张的困境，甚至“捂紧口袋”，限制煤炭外运进行“封关”；作为全国去产能力度最大的省份之一，落后产能不断退出，实现煤炭稳定供应一度成为该省的工作重点和难点……多重因素交互，让煤炭变得非常抢手。

“在这种情况下，部分煤矿铆足劲儿开采，还有本该退出市场的也蠢蠢欲动，试图最后捞一把。受资源条件限制，小煤矿一直是贵州煤炭产量的主力军，而且超过三分之二的煤企是民营企业，企业是否自律和安全监管是否到位成为煤矿安全生产的关键因素。”有专家对记者表示。

我宁愿他们生病，躲过灾难

“有位矿工刚好生病没去上班，躲过了一劫。”张虎对记者说，“我宁愿希望他们当时都生病，都没有去。”

矿工将生的希望寄托于侥幸，而非安全生产条件和安全监管，是否尤其值得相关部门和地方政府反思？

根据通报，梓木戛煤矿 110102 开切眼 T2 瓦斯超限报警，峰值达 38.9%，经初核，疑似该开切眼瓦斯突出事故。该矿设计生产能力 30 万吨／年，于 2008 年取得采矿许可证，有效期至 2018 年 10 月，2016 年 9 月通过安全许可证验收，有效期至 2019 年 9 月，属证照齐全的合法生产矿井。

不可否认，贵州煤矿大部分为高瓦斯、煤与瓦斯突出矿井，安全形势严峻。“贵州煤层赋存条件复杂、瓦斯含量高、瓦斯动力灾害危害性大，是制约矿井安全生产的主要因素，瓦斯治理比较困难。如何准确超前预测、准确鉴定评判、有效抽采、消突等技术难题有待突破。”一位不愿具名的业内人士对记者表示。

除资源禀赋和技术层面的难题，安全管理是否也存在问题？尽管应急管理部党组书记、副部长黄明 7 月 31 日在应急管理部部长办公会议上强调，对突出煤矿等重点行业，要“查大风险、除大隐患、防大事故”，但依旧未能阻止此次事故发生，不禁让人生疑，安全措施是否落实到位？安全监管是否跟进？

事故面前一些显而易见、老生常谈的问题为何难以解决？中国矿业大学管理学院院长陈红教授在接受记者采访时指出：“煤炭行业发展在环境、政策方面限制性因素不断增多，能源结构短期内也不可能改变，煤矿安全管理形势会更加严峻。但目前多数煤矿尤其是小煤矿的安全管理依然是采用传统的手段和方法，加之应付各种外在压力，管理会更不稳定。特别地，如果强制性管理和寻租现象依然并存的话，单位产量的生产事故一定会有抬头趋势。所以，希望能大力推行积极安全管理”。

夜班作业，需要瘦身

记者注意到，这起事故发生在夜间。

其实，早在2016年，当时的国家安全监管总局、国家煤监局联合印发的《关于减少井下作业人数提升煤矿安全保障能力的指导意见》曾提出：“实施夜班‘瘦身’作业。鼓励煤矿减少夜班作业，减少在夜班进行采煤工作面安装回撤、两巷超前支护以及巷道修复等作业，尽量避免在夜班进行瓦斯排放、突出煤层揭煤、火区启封及密闭等高风险作业。有条件的煤矿逐步取消夜班。”

记者进一步查阅资料发现，根据2013年中国煤炭工业协会的统计，当年1.2万个煤矿中，近25%的煤矿在夜间发生过致命事故。

夜班是否会增加煤矿安全生产风险？“很多研究已经证实，夜班是事故发生的最危险时期。”陈红告诉记者，“但我国煤矿生产是例外。”她的研究团队曾对我国2002—2013年间造成13477名矿工死亡的1870起重特大事故进行分析研究，结果显示白班发生事故的频率明显高于夜班。

“我们将这个现象称之为‘安全悖论’，我们研究认为上夜班对煤矿安全生产有影响。”陈红进一步解释，“可以用‘心理疲劳的钟摆效应’来解释。就是在同样体力消耗条件下，上夜班的矿工，自身生物钟会影响其活动，导致精神疲劳加重，需要长时间恢复，或者休息间隙。如果休息时间不充足，矿工就会在工作时补足休息间隙，导致了比夜班更高的不安全行为和事故风险。在煤矿普遍‘三班制’的工作时间安排下，矿工连续工作8小时，但加上准备工作，实际常常会达到10小时。这种轮岗安排，矿工难以完全恢复体力，可能会处于长期疲劳状态。”

不难看出，虽然从总量上来看，白班时发生的事故多于夜班事故，但白班事故却很可能受上夜班造成的疲劳影响。“我们研究结果显示，减少夜班或取消夜班是减少矿工疲劳的最有效方法，但这只可能在少数矿井推广。我建议规定夜间设备维修停机时间，减少夜班工作时间。”陈红指出。

【新京报】

《中华人民共和国消防救援衔条例》正式颁布实施；应急管理部正职将被授予消防救援总监

消防救援衔条例：消防员共设三等八级

■ 记者：李玉坤

10 月 26 日，十三届全国人大常委会第六次会议表决通过《中华人民共和国消防救援衔条例》（以下简称《条例》），今日起施行。按照《条例》，应急管理部正职将被授予消防救援总监。

将设专门队旗、队徽、队服等

消防救援衔是继军衔、警衔、关衔、外交衔之后，我国设立的一种新衔级，是专门为国家综合性消防救援队伍设立，是表明消防救援人员身份、区分消防救援人员等级的称号和标志，是国家给予消防救援人员的荣誉和相应待遇的依据。

应急管理部副部长尚勇说，消防救援责任重大、使命特殊，需要保持职业荣誉。消防救援也应当成为全社会所尊崇的一个职业。中央改革方案专门明确，要采取符合消防救援队伍自身特点的职务职级序列和管理办法，提高职业荣誉感，保持有生力量和战斗力。下一步将为这支队伍设置专门的队旗、队徽、队训、队服，建立专门的表彰奖励制度。消防救援人员仍然保持原有的待遇水平，继续享受国家和社会给予的各项优待等。

应急管理部有关负责人表示，《条例》的出台，对于加强国家综合性消防救援队伍正规化、专业化、职业化建设，增强消防救援人员的责任感、荣誉感和组织纪律性，强化队伍指挥、管理，确保依法履行职责，有效维护人民群众生命财产安全和社会稳定、实现国家长治久安具有重要意义。

作出重大贡献、德才表现突出可提前晋升

《条例》共 7 章 28 条，对消防救援衔的称谓、等级、授予、晋升等作出了专门规定。根据《条例》，消防救援衔授予对象为纳入国家行政编制、由国务院应急管理部门统一领导管理的综合性消防救援队伍在职人员。

消防救援衔按照管理指挥人员、专业技术人员和消防员分别设置，实行一职对一衔。在衔级称谓上，管理指挥人员、专业技术人员主要突出“指挥”特点，称为总监、指挥长、指挥员；消防员主要体现“消防”特点，称为消防长、消防士、预备消防士。

其中，管理指挥人员设总监、副总监、助理总监，高级、一级、二级、三级指挥长，一级、二级、三级、四级指挥员，共三等十一级；专业技术人员设置专业技术高级指挥长和一级、二级、三级指挥长，专业技术一级、二级、三级、四级指挥员，共二等八级；消防员设一级、二级、三级消防长，一级、二级、三级、四级消防士，预备消防士，共三等八级。

授予消防救援衔，以消防救援人员现任职务、德才表现、学历学位、任职时间和工作年限为依据；消防救援人员胜任本职工作、遵纪守法、廉洁奉公、作风正派且经培训合格，方可晋升上一级消防救援衔，在执行消防救援任务或其他工作中作出重大贡献、德才表现突出的可以提前晋升。

根据《条例》规定，近期国务院还将出台消防救援衔式样和佩戴办法，国家综合性消防救援队伍授衔工作将随着转制人员职级套改、换装等陆续展开。

释疑 1：消防救援为何设衔级制度？

有利于明确指挥层级，也有利于消防、森林两支部队转制

就《条例》背景和《条例》实施工作，应急管理部有关负责人表示，国家为消防救援队伍建立专门的衔级制度，有利于明确指挥层级，也有利于消防、森林两支部队转制。

他具体解释，根据中央改革部署，公安消防部队、武警森林部队转制后，组建国家综合性消防救援队伍。这支队伍实行专门的衔级制度，主要考虑到综合性消防救援队伍作为应急救援的主力军和国家队，需要建立统一高效的领导指挥体系。实行专门的衔级制度，有利于明确指挥层级、指挥关系和指挥责任，保证政令畅通、指挥高效。

同时，实行专门的衔级制度，有利于区分消防救援人员等级和身份，有利于按纪律部队要求严格管理，确保队伍正规有序、纪律严明。

此外，他提到，消防、森林两支部队为成建制划转，原来实行武警军衔制度，转制后继续实行专门的衔级制度，有利于保持队伍稳定性和工作连续性，实现改革平稳过渡。

释疑 2：地方队伍是否纳入授衔？

应急管理部正在研究相关政策意见，保障待遇、稳定队伍、提高战斗力

《条例》明确消防救援衔的授予范围，消防救援衔授予对象为纳入国家行政编制、由国务院应急管理部门统一领导管理的综合性消防救援队伍在职人员。

目前，授衔范围主要是公安消防、武警森林两支部队转制人员。该负责人说，下一步，根据需要对安全生产等其他专业力量择优整合，纳入国家综合性消防救援队伍后，也可以授衔。

对于地方专职消防队伍是否也考虑纳入授衔范围，该负责人表示，正在研究相关政策。

他解释，地方专职消防队伍是一支非常重要的应急救援专业力量，应急管理部对这支队伍建设高度重视，正在研究相关政策意见，总的是要规范管理、保障待遇、稳定队伍、提高战斗力，更好地发挥这支队伍的作用。

释疑 3：消防队伍改革如何推进？

正在有序推进，下一步将组织授衔、换车牌、落编定岗等

对于消防救援队伍改革进展，应急管理部有关负责人表示，按照党中央、国务院的部署要求，消防救援队伍改革工作，正在稳步有序推进之中。8 月下旬，中办、国办印发了组建队伍框架方案，明确了队伍组建的指导思想、基本原则、目标任务和相关要求；9 月底、10 月初，武警森林部队、公安消防部队已分别集体退出现役，成建制划转应急管理部，目前正按中央批准的意见，组织开展集中教育整训；这次，全国人大常委会审议通过了《条例》。

此外，与队伍改革相关的职务职级序列设置、人员身份转改、人员招录使用和退出管理、职业保障等系列配套政策正在抓紧制定，相关法律法规的调整也在推进中，确保改革于法有据。

“下一步，还将组织授衔、换装、换车牌、人员职级套改、落编定岗等一系列工作。总之，我们将按照中央部署要求，逐项抓好改革任务落实，年底前基本完成改革转制任务，确保改革平稳过渡，确保各项消防救援任务圆满完成。”该负责人说。

【人民网】

专题：黑龙江全力扑救内蒙古过境林火

2018 年 6 月 3 日下午，内蒙古大兴安岭汗马国家级自然保护区林火越境烧入黑龙江省境内。6 月 4 日，人民网黑龙江频道记者立即赶赴大兴安岭呼中区进行实地报道。自呼中区几经辗转到达火线位置，现场采访了森警官兵、地方扑火队、扑火群众等。

13 篇稿件（内附高清图片、视频），字数共约 7000 字。通过文字稿件、高清组图、视频等形式，展现了黑龙江省在处理应急突发事件中的快速反应及决策部署，展现出了黑龙江人在面对突发事件时英勇无畏、奋力向前的精神。

【澎湃新闻】

应急管理部挂牌满3月：各职能单位如何挥出拳头或伸出援手

7月16日，应急管理部正式挂牌满3个月。

仅仅从官网消息的更新频率，就可窥见应急管理部的忙碌程度。

7月12日，应急管理部救灾工作组继续在闽浙台风重灾区，指导地方做好抗灾救灾工作；

13日，四川省江安县恒达科技公司发生爆燃事故，应急管理部即派工作组赶赴现场指导应急救援和事故查处工作；

14日，应急管理部向四川、甘肃紧急组织调拨中央救灾物资，支持做好严重暴雨洪涝灾害救灾工作；

15日，湖北随州发生隧道施工事故，应急管理部立即派出工作组和救援队赶赴现场指导抢险救援……

忙碌的一部分原因在于其管理领域的广度。

作为一个微信公众号职能简介就达109字的新组建部门，应急管理部整合了9个单位相关职责及国家防汛抗旱总指挥部、国家减灾委员会、国务院抗震救灾指挥部、国家森林防火指挥部总计13块职责，“牵涉面广、改革力度大”。

应急管理部党组书记、副部长黄明曾说，应急管理工作面临的机遇和挑战都“前所未有”。

在这走过的3个月以及未来，这个新部门如何运用上述力量挥出拳头，或是伸出援手？

专常兼备的“责任大部”

“组建应急管理部不是哪一个单位改名字、换牌子，而是一次全新的再造重建、脱胎换骨。此次机构改革与之前不同，原则是‘优化、协同、高效’。”2018年4月，黄明接受《人民日报》采访时谈到。

根据1个月前公布的国务院机构改革方案，整合国家安全生产监督管理总局的职责，国务院办公厅的应急管理职责，公安部的消防管理职责，民政部的救灾职责，国土资源部的地质灾害防治、水利部的水旱灾害防治、农业部的草原防火、国家林业局的森林防火相关职责，中国地震局的震灾应急救援职责以及国家防汛抗旱总指挥部、国家减灾委员会、国务院抗震救灾指挥部、国家森林防火指挥部的职责，组建应急管理部，作为国务院组成部门。

另外，公安消防部队、武警森林部队转制后，与安全生产等应急救援队伍一并作为综合性常备应急骨干力量，由应急管理部管理。考虑到中国地震局、国家煤矿安全监察局与防灾救灾联系紧密，划由应急管理部管理。

当时，复旦大学国际关系与公共事务学院应急管理研究中心执行主任、教授、博士生导师李瑞昌接受澎湃新闻（www.thepaper.cn）记者采访时指出，该调整将主要的救援力量集中到一个部门，形成“救援队伍”新的联合，今后可以建成综合性常备应急骨干力量，这将对未来国家救援力量联合训练、协作培养和救援合作产生深远影响。

数日之后，原国家安全生产监督管理总局官网更新为应急管理部官网，领导班子成员信息公布。作为新组建的国务院组成部门，应急管理部实行“双首长制”管理。部党组书记、副部长黄明此前担任公安部党委副书记、副部长（正部长级），部长、党组副书记王玉普此前担任国家安全生产监督管理总局局长、党组书记。

在4月16日应急管理部挂牌当天，新华社报道提到，此次机构改革，应急管理部整合和统一了13个部门和单位，涉及多个领域，人员众多，如何将新融合的人员进行调配？如何推动改革进一步落实？

“专常兼备，这是此次机构改革方案中给应急管理职能的一个定位。”中国安全生产科学研究院院长张兴凯认为，应急管理队伍既需要应对日常灾难的常备力量，也需要能够处理多耦合因素灾害的专业力量。在没有整合前，由于没有统一的应急指挥体系，可能会出现“信息孤岛”现象，常备力量与专业力量在协调方面会出现一定的问题。而在应急管理部成立后，原有的13个部门和单位的名称虽然消失了，但各个应急救援队伍的职能将统一于整体的应急管理体系内，对于不同的灾害能够派出最符合现场状况应对的救援队伍，效率会更高。

应急管理部的职责之多，从其自我介绍就可以看出。“组织编制国家应急总体预案和规划，指导各地区各部门应对突发事件工作。组织灾害救助体系建设，指导安全生产类、自然灾害类应急救援，承担国家应对特别重大灾害指挥部工作。负责安全生产综合监督管理和工矿商贸行业安全生产监督管理等。”这样一个专常兼备的“责任大部”，4月份挂牌后，6月份内设司局将到位，9月份整个部的工作将走上正轨。

形成合力

黄明曾介绍，应急管理部的职责定位很明确：防范化解重特大安全风险的主管部门，健全公共安全体系的牵头部门，整合优化应急力量和资源的组织部门，推动形成中国特色应急管理体制的支撑部门，承担提高国家应急管理水平、提高防灾减灾救灾能力，确保人民群众生命财产安全和社会稳定的重大任务。

应急管理工作面临的“前所未有”的机遇在于：把分散于各有关部门的应急资源和力量整合起来，形成统一高效的应急管理体系，全面提升我国防灾减灾救灾能力，是我国应急管理战线几代人的梦想。通过深化改革形成这一体制，就是最大机遇。

其面临的“前所未有”的挑战在于：工业化、城镇化快速发展过程中，也会带来高风险。如果防范不力，就可能酿成重特大生产安全事故和重大经济损失。我国自然灾害频发多发，如果防灾减灾救灾不力，就会给群众生命财产带来不可挽回的重大损失。同时，我国安全生产基础薄弱，防灾减灾救灾体系不健全，全民防范意识不够强，应急救援整体能力水平不够高。因此，责任十分重大、任务十分繁重。

4 月，黄明接受《人民日报》采访时谈到，当前，应急管理工作进入“应急”状态。一是全面启动应急值守。由部领导带头，每天 24 小时轮流在岗值守，一旦遇到突发重特大安全事故或自然灾害，第一时间做出响应。二是研究制定应急管理部应急预案，明确系统如何操作运行，确保应急响应救援有序有力有效。三是抓紧实现应急信息互联互通。尽快把相关部门应急信息接入应急管理部，实现信息资源共享，抓紧规划建设全国统一的应急管理信息平台，在应急响应时形成高效联动的整体合力。

澎湃新闻了解到，目前，应急管理部的部分内设机构等以原国家安全监管总局的人员为班底，其对部分领域业务此前并未过多接触。

此次，应急管理部将 13 个部门和单位进行了整合和统一。这意味着，在处置自然灾害和事故灾难时，各股力量需要“肌腱”相连。部门间的通力合作、互为辅助颇为重要。

黄明也曾提到，优化整个组织结构、应急体系、管理机制，研究内设机构设置，不能搞简单“物理相加”，必须起“化学反应”，努力把分散体系变成集中体系，把低效资源变成高效资源，全面提升国家应急管理综合能力和水平。另外，科学合理界定职责，既要勇挑重担，又不能大包大揽，要做到有主有次、有统有分，权责一致，与各有关部门形成合力。

全新的事业

挂牌成立之后，应急管理部各项工作密集展开，除了开篇提及的救灾、抢险之外，应急管理部的“明查暗访”也屡次登上媒体头条。

6 月 19 日至 22 日，应急管理部组织工作组赴贵州省贵阳市和遵义市就工贸企业有限空间作业条件确认工作进行了明查暗访。通过查阅资料、人员访谈、现场查验等方式，抽查了贵阳南明老干妈风味食品有限责任公司、贵阳娃哈哈饮料有限公司、贵州珍酒酿酒有限公司等 11 家企业。

更早之前，应急管理部组织检查组于 2018 年 5 月 7 日至 10 日对江西省钢铁企业重大生产安全事故隐患排查治理专项行动工作进行了明查暗访。通过查阅企业管理制度、监管部门执法文书，与企业负责人、监管人员座谈交流，现场查验重点设备设施等方式，抽查了新余市、萍乡市 4 家钢铁企业。

《北京青年报》微信公众号“政知见”提到，7 月 6 日应急管理部的发文中说到，6 月份是全国“安全生产月”，应急管理部组织开展了 30 余次明察暗访，集中约谈了 1 省 7 市政府主要负责人、有关负责人，集中曝光了 28 个安全生产事故、重大隐患典型案例。在一个月内，30 多次明察暗访，还集中约谈了 1 省 7 市政府主要负责人、有关负责人，可以说，约谈的频率相当高。

在政治建设上，应急管理部已经取得成绩。

《中国纪检监察》杂志曾披露，3 月 23 日，应急管理部党组书记黄明上任第一天，驻应急管理部纪检组组长艾俊涛就来到他办公室，商量机构改革期间有关监督检查工作。后经党组研究决定，艾俊涛作为应急管理部机构改革工作小组成员，纪检组副组长等 4 名同志作为机构改革专责组成员，全程参与机构改革重大事项研究决策和部署推进等工作，在参与中加强监督。

从 4 月 24 日起，纪检组领导陆续到转隶至应急管理部机关的原国务院应急办、原民政部救灾司、原中国地震局应急司和中国地震局、中国地震应急搜救中心等单位调研。每到一个单位，他们都详细了解划转单位职能职责、权力事项、党员领导干部有关情况、政治生态和廉政风险点。

3 月份机构改革以来，应急管理部纪检组共接受信访举报 72 件，处理各类问题线索 31 件，初核 12 件，立案 3 件，给予党纪政务处分 3 人（均为正局级），组织处理 1 人，有力维护了纪律的严肃性。

“必须建设政治过硬、本领高强、能打胜仗的应急管理队伍。”黄明曾表示，应急管理系统干部、指战员要以习近平新时代中国特色社会主义思想为指引，增强“四个意识”，敢于担当、勇于负责，在灾害危难面前挺身而出，义无反顾地扛起责任。

他谈到，组建应急管理部，整合各方面资源和力量加强应急管理，是全新的事业。只靠老经验、老办法、老思路，很难适应新时代应急管理工作需要。应急管理系统所有干部、指战员必须正视能力不足问题，切实来个大学习，学好习近平总书记关于应急管理的重要思想，学好应急管理法律法规预案，学好应急管理知识技能。深入实际调查研究，摸清资源底数、掌握风险隐患、总结先进经验、找准薄弱环节，增强工作针对性和有效性。

未来，还有一支“应急救援国家队”等待建强建好。公安消防部队、武警森林部队转制后，和安全生产等应急救援队伍明确作为综合性常备应急骨干力量。对于这支“国家队”，黄明要求加强预案演练，不断提高应急救援专业水平，做到随时拉得出、冲得上、打得赢。

【央广网】

“重庆公交车坠江事故”系列报道

系列报道一：重庆万州一公交车坠江现场正开展紧急救援

2018-10-28 13:51:00 来源：央广网

央广网北京10月28日消息（记者陈锐海）记者从应急管理部获悉，10月28日10时许，重庆市万州区一辆公交车行驶至长江二桥时，与一辆小轿车相撞后坠江。

据了解，接到事故报告后，应急管理部党组书记黄明立即到部指挥中心连线指导现场救援工作，协调核实车上人数，调集救援力量组织营救，同时派出由应急管理部、公安部、交通运输部等部门组成的联合工作组赶赴现场，指导搜救工作。

目前，重庆市消防总队50名指战员、5辆消防车、2艘冲锋舟已在现场开展救援工作。水上支队及周边支队已做好增援准备。坠江公交车上人数正在抓紧核实中。

系列报道二：重庆坠江公交车水下位置已确定：长江二桥上游约28米、水深约71米处

2018-10-29 16:03:00 来源：央广网

央广网北京10月29日消息（记者陈锐海）记者从应急管理部获悉，重庆

市万州区“10・28”事故坠江公交车水下定位已经确定。

据了解，国家水上应急救援重庆长航队等单位的专业打捞船采用多波束声呐，发现水下存在一长约 11 米、宽约 3 米物体。经过水下探测、定位，救援人员确定其为10月28日上午10时许坠江的公交车，位于长江二桥上游约28米、水深约 71 米处。

目前，由应急管理部牵头的部际联合工作组已经会同现场救援指挥部，制定车辆打捞出水详细方案，在准确定位落水车辆位置后，将组织潜水员对江底车辆进行拴套、固定，再利用浮吊船起吊车辆。

据工作组介绍，下一步，工作组将指导协调地方继续全力开展人员搜救和车辆打捞工作，做到科学专业施救，严防次生事故发生，再进一步查清事故原因，迅速推进安全隐患大排查大整治行动。

系列报道三：重庆公交车坠江事故：发现 9 名遇难者，其中 7 名已救捞上岸

2018-10-30 17:02:00 来源：央广网

央广网北京 10 月 30 日消息（记者陈锐海）记者从应急管理部获悉，重庆市万州区“10・28”坠江事故目前已经发现 9 名遇难者，其中 7 名已被救捞上岸。

10 月 28 日 10 时许，重庆市万州区一辆公交车行驶至长江二桥时，与一辆小轿车相撞后坠江。事故初步核实 15 名失联人员。

当天 15 时，现场打捞出 2 名人员遗体。

此后，在 29 日下午，救援人员准确定位落水车辆的位置——位于长江二桥上游约 28 米、水深约 71 米处。

最新消息显示，30 日 15 时，救援人员在落水公交车上，救捞出第七名遇难者遗体，并还发现 2 名遇难者遗体。同时，下潜作业也基本摸清坠江公交车水下情况，初步了解公交车呈 30 度角前倾、车辆结构部分受损。

据应急管理部介绍，目前搜救工作已经进入第二个步骤。救援人员正潜入江底车辆搜寻救捞被困人员，并进行车辆拴套、固定，为进行第三个步骤的起吊作业做准备。

应急管理部表示，由于坠江公交车位于水下 71 米处，压力是标准大气压的 8.5 倍，超过一般 60 米空气潜水极限，潜水员需要使用专业氦氧的气体配比，稍有不慎将有生命危险。此外，目前据勘测发现，水下有乱石、乱流等危险因素，可见范围只有 1~2 平方米，潜水作业难度极大、危险性也大。

部际工作组要求，开展潜水作业时一定要确保潜水员自身安全，要切实做好超水深潜水作业安全保障，确保救援工作科学安全有序有效进行。据了解，目前救援现场已调集 20 余名具备深潜能力的潜水员在现场后备接替，现场医疗、应急等潜水保障组也做好安全保障预案。

系列报道四：重庆坠江公交车预计今晚打捞出水

2018-10-31 20:04:00 来源：央广网

央广网北京 10 月 31 日消息（记者陈锐海）记者从应急管理部获悉，重庆市万州区“10・28”公交车坠江事故救援工作，目前进入第二个步骤的最后一个拴套、固定环节，预计今晚进入第三个步骤——利用浮吊船起吊车辆，打捞出水。

据了解，应急管理部牵头的部际联合工作组与现场指挥部召开会商会，对车辆起吊工作安全风险进行研判。会商指出，此次救援为三峡库区蓄水以来难度最大的一次救援。

首先，公交车目标太小，难以精确定位；其次，事故车辆位于水下约 71 米深处，水过深导致作业方式复杂耗时，危险大；同时，水底地形复杂，干扰物多；此外，多地调集资源，多部门响应，需要多类型救援队伍配合行动。

工作组表示，尽管困难大，整个救援行动还是有序地朝着既定计划运行。

10 月 28 日 10 时许，重庆市万州区一辆公交车行驶至长江二桥时，与一辆小轿车相撞后坠江。事故初步核实 15 名失联人员。截至目前，救援人员已经发现 9 名遇难者，其中 7 名遇难者遗体已被救捞出水。

系列报道五：重庆万州坠江公交车被打捞出水

2018-11-01 00:26:00 来源：央广网

央广网北京 11 月 1 日消息（记者陈锐海）记者从应急管理部获悉，经过 4 天的紧张搜救，重庆市万州区坠江公交车于 10 月 31 日 23 时 30 分左右被打捞出水。

10 月 28 日 10 时 8 分，重庆市万州区一辆公交车行驶至长江二桥时，与一辆小轿车相撞后坠江。经公安机关初步核实，失联人员为 15 人。

【新华网】

四季度安全生产与火灾防范系列访谈

针对四季度安全生产面临的严峻形势，新华网新华访谈与应急管理部合作，针对应急管理部多措并举加强危险化学品、烟花爆竹、消防、森林防火、燃气安全和用电安全等重点行业领域的安全生产进行相应的科普宣传、警示宣传和社会化宣传，使各地各企业紧绷安全生产这根弦，促进社会公众提高安全范防意识和能力。

系列访谈分三个专题，邀请到应急管理部安全生产基础管理司司长裴文田谈有限空间安全作业，应急管理部森林消防局闫鹏司令员和应急管理部火灾防治司副司长崔洪浩谈森林草原防火，应急管理部消防救援局副局长罗永强谈冬季防火。

新华访谈
闫鹏 崔洪浩
增强森林草原防火意识 防范火灾发生
www.news.cn
新华网

新华访谈
罗永强
应急管理部消防救援局副局长
积极行动 化解火灾风险
www.news.cn
新华网
www.xinhuanet.com

【中国化工报】

连云港“12·9”重大爆炸事故敲响警钟

——精细化工安全深层次问题突出

■ 作者：张欢　高重密　卓峰

2017年12月9日2时3分左右，聚鑫生物科技有限公司年产3000吨间二氯苯装置车间发生爆炸事故，造成10人死亡，1人受伤。

爆炸致事故装置所在的四车间以及东侧紧临的六车间整体坍塌，几乎被夷为平地。爆炸点周边的北侧围墙，南侧污水预处理装置及管廊管架严重损毁，厂区其他各车间、仓库、实验楼、锅炉房、办公楼等建筑都有不同程度的损坏。

中国化工报记者还看到，发生事故的四车间西侧18米左右有一个液氯仓库，事故发生时，液氯仓库屋顶被爆炸飞溅物击穿。据了解，一个被炸飞的反应釜封头越过了液氯仓库，砸穿了地面水泥地板。

资料显示，连云港聚鑫生物科技有限公司成立于2009年5月，位于连云港市灌南县堆沟镇的化工园区内，注册资本为4680万元，其主要产品生产规模为年产3000吨硝基苯、1万吨间二硝基苯、3000吨间二氯苯。

据悉，目前园区内企业已经全部停工。根据当地政府部门的公告，事故企业残留生产用化学物品已经清理撤出，未发现有化学物质泄漏。同时，环保部门对周边的大气和水环境也做了监测，目前一切符合正常标准。

连云港聚鑫生物科技有限公司12月9日发生的重大爆炸事故，是今年以来国内发生的第二起化工重大事故。

事故涉及的间二氯苯生产是典型的精细化学品生产。而截至今年 10 月，全国发生的 10 起化工和危化品较大以上事故中，有 4 起涉及精细化工产业。12 月 17 日，国家安全监管总局在江苏省连云港市召开“12·9”重大爆炸事故现场会。中国化工报记者结合从本次会议上获得的信息，采访相关领导、专家，对精细化工安全深层次问题进行深入剖析和探讨。

严重缺乏安全理念

国家安全监管总局监管三司副司长黄进曾指出，目前我国有精细化工生产企业 8000 多家，生产各类精细化学品达 3 万多种，但行业基础薄弱，精细化工安全管理水平远远落后于发达国家。在安全建设方面，由于长期的工业技术欠缺，法律、安全监管和评估水平不完备，工艺优化不足，导致精细化工产业发展进程与安全水平不匹配，各类安全事故多发频发，带来重大的人员和财产损失。

中国化学品安全协会副理事长、秘书长路念明也表示，精细化工行业安全事故多发，一方面是由于很多企业发展重效益、轻安全；另一方面，有机合成往往会涉及磺化、硝化、重氮化、氧化等反应过程，容易放出大量热量，对生产装置带来威胁。而且，行业生产呈现出多样化趋势，新产品、新技术大量涌现，部分企业和研发单位对这些新变化可能引发的事故认识不足，对安全风险和核心安全因素的研究不系统，由此引发了不少安全事故。

江苏省安监局 12 月 12 日发布的《关于立即组织开展全省危险化学品企业安全隐患再排查再整治工作的紧急通知》明确，该起事故暴露出了企业安全管理混乱，操作规程和安全技术规程不完善，没有有效组织开展岗位技能培训，作业人员安全意识薄弱、安全技能缺失，应急处置能力不强，装置生产过程整体自动化控制程度存在缺陷，擅自变更原料输送工艺，且没有进行风险识别，没有履行变更程序、工艺指标控制不严格等安全生产主体责任不落实的突出问题。

忽视工艺本身安全性，更是严重的安全理念缺失。中国兵器工业甘肃银光化学工业集团有限公司返聘高级技术顾问尹世英告诉记者，很多企业并没有结合自己工厂的实际情况和需求，对引入的工艺进行相应的补充、优化和调整，往往都是拉来设备就用。很多企业目前所使用的硝化工艺其实还有很大的提升改进空间，可以通过局部的调整以及安全设备的投入，保证整套工艺能有更大的产出和更高的安全性，但是部分企业往往不愿意在这方面进行相应的投入，悲剧因子也往往是这么埋下的。

监管责任落实不力

中石化青岛安全工程研究院过程安全研究所所长石宁在接受记者采访时表示，今年较大事故之所以高发在精细化工行业，主要是本质安全的标准体系还未建立完全，操作人员对工艺操作有盲目性，企业安全管理制度建立的针对性不够，政府监管易流于形式。

石宁说，在精细化工安全风险评估问题上，因监管人员对不同的反应并不完全了解，而难以起到良好的监管和指导效果。精细化工工艺的危险等级高，安全风险评估国家层面的管理框架是有的，但细化到染料中间体的量化、客观的指标体系还不够明确。他建议，下一步应加强化工行业本质安全指标体系的建设，主要就化学品和化学反应的危险特性建立本质安全标准体系，明确对企业现场安全管理的要求。

不仅事前监管不到位，事后处理“一刀切”也会带来诸多隐患。“当前每逢事故发生，地方政府部门最为直接的处理办法，基本就是‘一刀切’式的先停产整顿，经检查验收后，再逐步恢复生产。让人无奈的是，这些年来，这种方式愈演愈烈，启动某某应急模式的‘一刀切’似乎已经成为一些地方政府部门处理工作的常态。化工生产具有易燃易爆和连续生产的特点，如果突然人为中断生产过程，可能会诱发甚至产生新的问题。同时，停产给企业和市场带来的负面影响和损失，最终只能由企业自己‘买单’。”江苏省化工行业协会会长秦志强对记者说，精准施策还有很长的路要走。

工艺评估“走过场”

危险化学品是化学管理的重点领域，精细化工又是重中之重。安监总局今年初印发了《关于加强精细化工反应安全风险评估工作的指导意见》（以下简称《意见》），要求各有关企业要高度重视，聘请具备相关专业能力的机构组织开展评估，但总体进展并不明显。

长期进行安全工艺评估的索尔维亚太安全实验室经理马莹莹一针见血：“从我们接触的客户来看，有的企业只是需要一个报告和风险等级，虚报工艺数据来降低风险等级应付政府检查。甚至有企业在联系我们进行 HAZOP 分析时，所给的工艺数据竟然是虚假的，这样的假工艺假数据根本无法进行安全评估，做了也毫无意义。在我们明确告知企业这样无法进行分析的时候，企业表示他们只是需要一个评估报告，根本不想对现在的工艺进行任何改动。至于安全风险，他们甚至表示‘我这套工艺都安全运行 10 年了，怎么可能有问题！’”

12 月 17 日，国家安全监管总局在江苏省连云港市召开“12・9”重大爆炸事故现场会。会议深入剖析了“12・9”事故原因和暴露出的严重问题，督促江苏省和全国各地深刻吸取事故教训，强化各项重点工作落实，坚决遏制近期化工行业事故多发的势头。国家安全监管总局党组成员、总工程师王浩水出席会议并讲话，就如何深刻吸取事故教训、严防同类事故发生进行了部署。

12 月 9 日，连云港聚鑫生物科技有限公司发生 10 人死亡、1 人受伤的重大爆炸事故，是今年以来国内发生的第二起化工重大事故。

记者从会上得知，目前全国有近 30 万家危化品生产经营单位，其中安全保障能力比较差的小化工占 80% 以上。今年前 11 个月，化工行业共发生事故 203 起、死亡 238 人，事故总量依然很大，重大事故仍未得到有效遏制。

会议指出，今年以来全国发生的化工事故暴露出当前安全生产工作存在着一些深层次突出问题：一些地方和企业安全发展理念没有牢固树立；部分地方政府监管责任落实不到位，重点工作不落实，推动企业安全生产主体责任落实不力；没有认真吸取历史上同类事故教训；设计、建设、安全评价等第三方机构履责不到位，埋下安全隐患。

会议要求，认真学习贯彻落实党的十九大精神和习近平新时代中国特色社会主义思想，正确把握安全生产所处的历史方位，增强责任感、紧迫感、使命感。深刻吸取事故教训，坚决遏制化工事故多发势头，立即开展爆炸性化学品生产装置全面评估，从严执法，以落实政府监管责任推动企业主体责任落实。继续全面深入开展危险化学品安全综合治理，切实做好岁末年初安全生产工作。

全国各省（市、区）安监局负责人，江苏省各地政府相关负责人，中石油、中石化、中海油、中国化工、中化集团等石油和化工企业代表参加了会议。与会人员查看了事故现场，并观看了事故警示教育片。

【中国网】

国门第一镇消防守护人

■ 作者：仝选

“压力再大也得干，看到现在整个地区消防工作安全稳定，我就觉得累也是值得的。”天竺镇主管消防安全的武装部部长张纪海说。

“老兵”张纪海有 23 年从军经历，曾担任中国驻阿富汗使馆警卫组组长，在阿富汗的 476 天里，参与完成了 236 次警卫任务，获得二等功荣誉。一枚枚金灿灿的军功章、一摞摞厚厚的荣誉证书，见证了他作为一名军人保家卫国、守土尽责的无私奉献。

2013 年，张纪海转业到天竺镇任职，主管消防安全工作，开启了他人生的第二个篇章。2018 年 10 月，张纪海被列入第四届全国 119 消防奖拟表彰对象先进个人的名单中。

北京市顺义区天竺镇素有“国门第一镇”的美誉，紧邻首都机场，每年都有近 200 位国家元首在天竺镇抵离，是北京市乃至全国消防安全任务最繁重的地区之一。“当飞机盘旋在首都上空，俯瞰天竺，它的面貌某种程度上代表着国家形象，我们不仅要达到消防工作的平均水平，更要做到整个天竺镇不冒一缕烟，不着一把火。”张纪海说。

辖区大大小小的火灾事故现场让这个消防工作的“门外汉”渐渐成了消防工作的“好把式”，而这个过程伴随着悲痛、付出过汗水。

在整治消防隐患期间，张纪海突然觉得很力不从心，“刚开始民众不理解我们的工作，不配合拆除，甚至有人对工作人员侮辱谩骂，我只能耐心地一点点解释”。

为了彻底消除天竺镇的消防隐患，张纪海走街入户不放过一个角落，通过人文关怀的方式劝导群众，科学分级整治违规建筑。在党委政府的领导下，张纪海会同全镇疏解整治的各种力量，2018 年以来共整治完毕 317 家仓储物流企业，拆除出租公寓及大院 12 家，关停 98 家，涉及房屋 13000 余间。

在执行整治工作期间，属地内的北京华都公寓，存在使用泡沫彩钢板建筑、消防通道间距不够、安全出口数量不足等重大火灾隐患，属违法建设的群租房。张纪海协同消防支队实地踏勘，因地制宜，将其改造成一处消防水源地，还为已建成场地进行了绿化。

“舍弃的是白菜帮，得到的却是白菜心。”张纪海说。整治后的天竺镇，实现了村内“市政市容”与“消防取水”一举两全。

对张纪海来说，最为悲痛的是看到火灾事故后的满目疮痍和人员的伤亡。在一次火灾中，张纪海亲眼看到了一个消防员跌落在着火的施工棚里。“我当时心就悬起来了，这些孩子真的是太苦了，被救出后，衣服烧焦了，身体多处受伤，我突然觉得，消防工作的技术和设备是多么的重要，我能做的就是要改变这种薄弱，要给百姓一个安居乐业的环境。”张纪海说。

张纪海开始像一个工匠一样专注，不断地强化安全工作专业化建设，夯实安全软硬件基础。在他的推动下，属地及机场周边地区单位投入建设 10 个微型消防站，招募消防队员 170 人；建成 12 处消防水源、38 处地下消火栓，实现辖区消防水源全覆盖，打造了 3 分钟“消防联防圈”，火灾应急处置能力达到了一点“吹哨”多点支援的应急反应能力。

2018 年 9 月 22 日凌晨 3 时 15 分，天竺镇楼台村巡查队员在巡查过程中发现位于楼台村幸福西街 10 号的北京幸福西街综合商店突发火情，张纪海使用“消防站 4G 电台”调派楼台村及临近天竺新村、蓝天社区的 3 辆微型消防车赶赴现场开展先期处置，使用消防水炮对起火部位进行控制，防止明火扩大蔓延。25 分钟后，有效控制火势；30 分钟后，明火被全部扑灭。

在张纪海的带领下，天竺镇的消防工作得到了质的改变。“有了这支训练有素的队伍，我感觉心里很踏实、很安稳。”张纪海说。

2013 年以来，天竺镇先后荣获北京市安全社区、北京市安全生产先进单位、消防安全先进单位等荣誉称号。张纪海还在分管人民武装、综治等工作上均取得显著成果，荣获北京卫戍区优秀基层人武部长、消防工作先进个人等近 30 项荣誉。

【中国应急管理报】

在艰难困苦中拔节成长

——防震减灾工作改革开放40年发展综述

■ 记者：徐姚

“这组照片拍摄于10年前5月12日的汶川县……”顺着四川姑娘景科凤手指的方向望去，一个个山河破碎、亲人离散的地震灾区画面牵动人心。而在她身后不远处，四川汶川今天的新貌让人看到灾区人民涅槃重生的美好。作为“伟大的变革——庆祝改革开放40周年大型展览”中“5·12汶川特大地震”展区的讲解员，景科凤真切地感受到家国在艰难困苦中走向成长。

没有哪一次巨大的历史灾难不是以历史的进步为补偿的。景科凤眼中的家国历程也是中国防震减灾事业从无到有、从起步到深入的成长历程。

“我国是世界上地震灾害最严重的国家之一，对地震的防御意识自古有之，但是新中国成立初期百废待兴，在缺乏资金、缺少经验、科技力量不足的现状下，我国防震减灾事业面临巨大挑战。”中国地震局地震预测研究所所长吴忠良回忆说。

1966年，河北邢台大地震使人民生命财产遭受重创。周恩来总理在灾区考察时发出号令：“我们应当发扬独创精神”“研究出地震发生的规律”……随后，我国第一个多学科联合作战、专群结合的综合性地震监测台网在邢台地震现场初步形成，中国地震事业迈开创业脚步。

大自然的考验总让人猝不及防。1976年7月，突如其来的唐山大地震，给我国地震工作再次敲醒警钟。好在国家地震局的正式成立和改革开放的春风，使我国地震工作者化悲痛为力量，走上了探索具有中国特色的防震减灾之路。

“从那以后，中国开始了规模化、系统化、专业化的地震研究，《中华人民共和国防震减灾法》的出台更是让防震减灾工作有了法律保障。”中国地震台网中心办公室主任朱自强说。我国逐步形成了地震监测预报、地震灾害预防、地震应急救援三大工作体系，实施了一系列国家重大工程项目。

2008 年汶川地震之后，特别是党的十八大以来，在以习近平同志为核心的党中央的坚强领导下，在习近平新时代中国特色社会主义思想的科学指引下，我们不断从灾难中学会应对灾难，我国防震减灾事业在百般锤炼中走向新时代。

一个地震台记录矢志不渝的坚守

北纬 9 度 37 分、东经 112 度 58 分，这里是我国美丽的南沙群岛永暑礁。宁静的碧水蓝天之下，几套地震观测设备忙碌地工作着。“这是我国最南端的永暑礁地震台。”中国地震台网中心地震台网部速报组组长安艳茹告诉记者，自 2011 年 7 月建台以来，永暑礁地震台为祖国南海的地震观测和建设发展贡献了很多宝贵数据。

时空斗转，千里之外，我国最北端的漠河地震台准备告别 2018 年的最后一场雪。回忆以前的数九寒冬，在过膝的白雪中开展工作，对台站工作人员而言是家常便饭，如果“运气不好”，甚至会碰上零下 50 摄氏度的极端天气。如今的台站条件越来越好，不仅具有保暖功能，当地传统的建筑风格也融入台站建设。

除了横跨南北，国内地震台更是登山入海。2009 年 10 月，位于珠穆朗玛峰脚下的无人值守地震台投入使用。这个我国海拔最高的地震台，为提高我国中尼边界地区的地震监测能力发挥了重要作用。8 年后的 3 月，一台仅有笔记本电脑大小的地震仪，在马里亚纳海沟急速下潜 1 万多米，在作业 600 个小时后，成功返回海面。此举宣告我国成为世界上首个成功获取万米级海洋人工地震剖面的国家，而在 20 世纪 90 年代，国内相关技术还是一片空白。

建设地震台是地震监测预报工作的前提基础。有这样一组对比数据：20

世纪 60 年代，我国仅有 24 个地震台，经过半个多世纪的建设，我国分类分级的测震台共计 1107 个，强震动台有 1995 个。这些数字仍在飞速增长。“党的十八大以来，我们实施了国家地震烈度速报与预警工程。按计划，到 2022 年全国将建成世界最大规模的‘三网融合’实时地震台网，届时，全国地震台站总数将增至 1.5 万个。”中国地震局监测预报司预警处处长黄媛介绍。

地震台的增多是地震工作者艰苦奋斗的最有力证明。长年扎根基层的新疆维吾尔自治区地震局副局长郑黎明告诉记者，新疆是我国地震多发的地区之一。1964 年 5 月，中国科学院北京地球物理研究所在乌鲁木齐水磨沟地区建设了新疆第一个地震台。由于地处偏远，台站经常缺水少粮。曾经，工作人员取水做饭时，发现水缸里漂着偷水淹死的蛇和老鼠，但是茫茫戈壁水贵如油，工作人员就把这些动物尸体捞起来，水留着继续用。有人因此戏称台站生活是“蛇鼠一窝”。“改革开放以后，乌鲁木齐地震台完成了从无到有、从小到大、从单一走向综合的华丽转身，‘蛇鼠一窝’的现象再也没有了。”郑黎明感慨道。

从有人值守到无人值守是地震台 40 年变迁的又一投影。邢台地震之前，我国地震台大多为人工值守，地震波形被记录在纸筒上。安艳茹一边用手比划纸筒大小，一边描述台站信息上报的过程：纸筒是 24 小时记录的，如果纸被用完，需要工作人员手动换新，并将旧纸筒上的信息通过电报或电话汇报给台网中心。“这一过程短则几个小时，长则几天，严重影响了地震速报的效率。”安艳茹说，因为需要常年驻守边陲，当地出现了很多“夫妻台”，这些夫妻互相陪伴，有的人甚至一辈子都献给了台站。

2000 年是个关键时期，因为信息传输和地震观测技术的升级，遥测地震台替代了一些偏远地区的人工值守台，大量“夫妻台”随之退出历史舞台。“今天的地震台几乎都是无人值守，信息上报达到分钟级、秒级，地震观测从模拟时代向数字化、网络化时代迈进。”安艳茹补充道。

在上述变化的推动下，改革开放后，我国逐步形成了一套适合中国国情的长、中、短、临地震预报体系。中国地震局监测预报司预报处副处长张浪平表示：“尽管目前地震预报在世界范围内仍然是一大难题，但这套科学的预报体系为未来提供了诸多可能。”

一张地震区划图描绘保国安民的夙愿

今年 5 月 12 日，汶川地震 10 周年国际研讨会暨第四届大陆地震国际研讨会指出，我国已经发布实施了第五代全国地震区划图，彻底取消了不设防地区；完成近百个城市、100 多条活动断层的探查，重大自然灾害防范能力显著提高。对此，中国地震局震害防御司副司长韦开波表示，“地下搞清楚，地上搞结实，公众搞明白”是对震害防御工作最生动的描述。

据长期从事活动构造研究的中国地震局地壳应力研究所所长徐锡伟介绍，我国地处欧亚板块、印度板块、菲律宾海板块和太平洋板块相互作用的交接部位，已知的活动断层超过 495 条。改革开放以来，一大批城市拔地而起，这些聚而成群的城市多数处于地震威胁之下，遗憾的是，当时人们对震害的认识并不到位。

1999 年，全球相继发生了土耳其伊兹米特地震、中国台湾集集地震和美国赫克特曼地震。这 3 次地震让国内外意识到避让活动断层的可行性和重要性。第二年，中国地震局启动了城市活动断层探测与地震危险性评价项目。

“我们率先在福建省福州市进行了探测试验。试验成功后，我们选取了地震烈度较高或破坏性地震多发的 20 个城市进行了活动断层探测。”韦开波表示，这些城市依据探测结果，调整了规划布局，有些还划定了活动断层避让带，令他印象最深的是宁夏银川的做法。

据史料记载，银川自古以来经常遭受地震的袭击。清朝乾隆三年，一场 8 级地震造成当地 5 万余人死亡。据宁夏回族自治区地震局原副局长柴炽章介绍，早年因为不清楚银川地下活动断层的具体位置及活动情况，城市规划成了地方领导的一个“心病”。转变发生在 2007 年，宁夏回族自治区地震局借助活动断层探测工作，采取划红线、竖标牌等措施，科学规划城市建设。特别是该市建设的活动断层避让带——休闲公园，将民生发展与震害防御结合。如今走在公园里，男女老少运动舞蹈，到处一片和谐景象。

不久前，习近平总书记在中央财经委员会第三次会议上强调，提高自然灾害防治能力，要推动建设九大重点工程，其中一项是实施灾害风险调查和重点隐患排查工程，掌握风险隐患底数。“接下来，我们将开展全国范围的活动断层探测，为摸清地震灾害底数打下基础。”韦开波说。

在“地上搞结实”方面，全国地震区划图的演变和农居抗震工程的实施是重点。众所周知，地震引起的建筑物和工程设施的破坏是导致人员伤亡和财产损失的根本原因，而建筑物抗震设防的主要依据就是地震区划图。

韦开波告诉记者，我国地震区划图的制修订工作始于 20 世纪 50 年代。1957 年，地震学家李善邦先生编制了第一代中国地震区划图。该图给出了全国最大地震影响烈度的分布。此后，第二代、第三代地震区划图分别于 1977 年、1990 年出版。“到了第四代，我国地震区划图有了一次质的飞跃。”韦开波解释，前三代区划图采用的编图参数都是地震烈度，随着时代发展，该参数无法适应新需要，于是，第四代的编图参数改用了更科学、更易于使用的地震动参数。2001 年，该图作为国家强制标准实施，并沿用了 14 年。

2016 年 6 月 1 日，第五代地震区划图问世。“它取消了不设防区，整体提高了我国的设防标准，其附录中的地震动参数明确到了乡镇，为广大农村地区防灾工作提供了依据。”韦开波感慨地说，“农村的变化不止于此。”

针对历史上多次地震暴露出的农居抗震性能差的问题，我国实施了农村民居地震安全工程，新疆、云南、甘肃、四川等已在全省（自治区）范围铺开。目前，全国已建成抗震农居 2400 多万套，惠及 6000 余万人。千百年来，我国农村不设防的状况正在逐步改变，因灾致贫的现状得到明显改善。

扶贫先扶智，在“物质抗震”日益发展的基础上，“文化抗震”不能落下。2009 年，我们迎来了首个全国防灾减灾日，在“防震减灾，科普先行”的理念指引下，一大批地震科普作品和基础设施如雨后春笋般涌现。“我们积极利用新媒体技术，引进年轻人才，把地震知识加工成通俗易懂又紧贴社会热点的内容，吸引了众多年轻‘粉丝’。”山东省地震局宣教中心主任崔昭文说。北京地震局则另辟蹊径，取材于地震台的真实生活，推出了首部“地震人”题材的电影《我要去远方》，并于今年 10 月在全国公映。

今年 7 月 28 日，在唐山大地震 42 周年之际，全国首届科普大会拉开帷幕，中国地震局负责人在会上表示，我国已建成防震减灾科普教育基地 493 个、科普示范学校 5488 所。在勇于创新的前提下，我们离“公众搞明白”的目标将越来越近。

一颗电磁卫星搭载科技攻坚的勇气

今年 2 月初，我国首颗电磁监测试验卫星“张衡一号”成功发射升空，这标志着我国成为世界上少数拥有在轨运行高精度地球物理场探测卫星的国家之一。与“张衡一号”广为人知的名字相反，它的“出生”背后是鲜为人知的技术攻坚之路。

16 年前，现任中国地震局地壳应力研究所总工程师的申旭辉，满腔热情地领着一帮青年科学家，接到了一个前所未有的任务——造星。他们带着“寻找更好的地震空间观测技术，建立中国自己的地震立体观测体系”的美好愿望，开始了一场科研“长跑”。“然而包括我在内，没有人料到这个任务这么难。”作为卫星计划的首席科学家，申旭辉告诉记者，“张衡一号”的首要任务是监测地球磁场变化，为研究地震的形成规律提供参考，弥补地面监测手段的不足。“正因如此，造它的最大挑战是抗干扰。”申旭辉说，为了寻找最合适的研发环境，他们常年驻扎在人迹罕至的高山密林深处，或者在黄土高原腹地的洞穴中进行试验，试验的时间多半在夜深人静时。

环境的艰苦并未让申旭辉苦恼，真正让他彻夜难眠的是电磁卫星的技术挑战。

20 世纪 70 年代至 21 世纪初，我国卫星技术尚不成熟。“电磁卫星方面，法国、意大利等少数掌握核心技术的国家心有戒备，我们的自主研发能力面临很大挑战。”申旭辉解释，中国航天事业讲求万无一失，“张衡一号”曾因一个零件存在 0.1 度误差，反复试验上千次，整个设计方案更是 5 次易稿。即便是到了 2017 年，项目全部完成，申旭辉的团队依然处在内心“煎熬”的状态，为第二年的发射升空而担忧。

选择科学事业，意味着与寂寞孤独为伴。数十年间，“张衡一号”实现了从图纸构想到翱翔太空，而申旭辉团队中，完整见证这一历程的原班人马除了他自己，仅剩下 1 人。“坦白地讲，我们有打退堂鼓，但最终没有退，主要还是一份信念吧。”在申旭辉看来，作为一名地震科研人员，研发这颗电磁卫星，不光是给自己的交代，更是对祖国防震减灾事业的真挚许诺。

像申旭辉这样的例子还有很多。40 年间，我国为一大批重大工程提供了防震减灾和安全保障服务。青藏铁路工程是“中国新世纪四大工程”之一，铁路所处的青藏高原是我国大陆地壳运动最剧烈的地区。“从 20 世纪 90 年代起，中国地震局开展了青藏铁路建设的可行性调研。经过多年实践证明，该铁路的地震安全工作是有效的，这些成功经验也将被应用于如今的川藏铁路工程。”中国地震灾害防御中心主任杜玮介绍，不仅如此，南水北调、西气东输、三峡大坝及核电站建设……这些人们耳熟能详的国家重大工程，都离不开地震安全工作的保障。

首都安全关乎国本。“北京每一项重大工程的地震安全保障工作都极其严苛。”北京市地震局抗震设防管理办公室总工程师罗华春回忆，2008 年北京奥运会举办的前几年，为按时按质完成场馆建设区域的地震安全性探测工作，地震工作者们借助当时并不先进且十分笨重的探测设备，一米一米地向前推进，很多人几乎是“住在工地”。“2014 年开工建设的北京新机场航站楼，采用了最新的减隔震技术，抗震设防烈度达到 8 度。”罗华春强调，如今正在打造的北京城市副中心和正在建设的千年大计雄安新区，都将以更高的地震安全保障水平与世人见面。

今年 10 月 23 日，港珠澳大桥举行通车仪式，广东省地震局工程师朱嘉健格外感触，因为他参与研发的港珠澳大桥地震安全监测与评估系统正式“上岗”，通过分析一串串从大桥上实时传来的数据信息，该系统可实现地震报警、强震动事件报警、自动化健康诊断及地震风险评估。就在同一天，中国地震局与中国铁路总公司就高铁地震预警进行战略合作签约，计划于 2018 年实现地震速报信息接入，2021 年正式为全国高铁提供地震烈度速报与预警信息服务。“这标志着我国高铁地震预警技术开始摆脱落后的境地，并向国际先进水平看齐。”中国地震局工程力学研究所副所长李山有说。

一根接力棒传递大国的责任与担当

在中国地震局地震预测研究所，几张不同类型的地图引人注目。吴忠良指着一幅“中国及周边地区地震活动板块构造图”说：“很多地震都是跨国界的，地震研究工作必须跳出地域局限，放眼国际。”

在今年的汶川地震 10 周年国际研讨会暨第四届大陆地震国际研讨会上，国家主席习近平致信强调，人类对自然规律的认知没有止境，防灾减灾、抗灾救灾是人类生存发展的永恒课题。科学认识致灾规律，有效减轻灾害风险，实现人与自然和谐共处，需要国际社会共同努力。

“中国为促进减灾国际合作，构建人类命运共同体作出了积极贡献。这一切，要从建立亚洲地震委员会讲起。”吴忠良解释，改革开放初期，亚洲地区没有专门的地震研究合作组织，各国专家交流非常困难。随着改革深入，国内外地震学界加强国际交流的愿望和热情日益增长。一石激起千层浪，中国地震学家率先提出倡议：借鉴欧洲地震委员会的模式，建立亚洲地震委员会。经过多年筹备，在 1996 年，亚洲地震委员会正式建立，第一任秘书长是中国地震学家朱传镇。在中国和该委员会的推动下，亚洲地区的地震研究工作有了长足的进步。时至今日，这根秘书长的接力棒再次交到中国地震学家手中，这个人就是中国地震局地球物理研究所副所长李丽。

“援建地震监测台网是我国的一贯做法。”李丽告诉记者，我国规模性的援外台网建设工作开始于 21 世纪初。2004 年，印度尼西亚发生地震和海啸，损失惨重。为了帮助该国提高抵御震害的能力，我国为当地援建了台网。

“具有里程碑意义的国际合作发生在2013年，‘一带一路’倡议提出之后，和我们合作的国家不断增多，合作的方式也日益丰富。”中国地震局国际合作司双边合作处处长朱芳芳说。2017年，我国在现有40个境外台站的基础上，全面启动了援尼泊尔、老挝地震台网建设及中国—东盟地震海啸监测系统项目。项目完成后，将新增或改造38个境外地震台站，既服务于当地的防震减灾，又可以提高我国地震台网对全球地震的监测速报能力。“在国际救援方面，中国国际救援队先后赴阿尔及利亚、海地、日本等国执行地震救援任务10余次。我们还帮助各国培训了上百名技术人员。”朱芳芳说。随着越来越多的国家加入“一带一路”，中国防震减灾事业的国际朋友圈也越来越大。

“张衡一号”卫星工程由卫星系统、运载火箭系统、发射场系统、测控系统、地面系统和应用系统组成

截至2017年，中国已与全球77个国家、13个国际组织建立了合作关系，并与40多个国家签订了政府间地震合作协议。其中，与“一带一路”沿线41个国家建立了双边合作关系，签订了22份合作协议备忘录。

“这些合作项目和取得的成绩，充分展现了我国作为一个负责任大国的担当。”中国地震局地球物理研究所研究员蒋长胜表示。多年来，我们不但为合作国家带去了技术、人才、资金，而且始终以平等的姿态送去关怀和帮助，并赢得了他们的尊重。对此，李丽谈到一次亲身经历，在与尼泊尔合作之后，她每次去当地都有不同的感受：最开始因为自己是外国人，语言不相通，和当地人比较陌生。然而，在援建的1年里，尼泊尔开始出现具有中国标识的商店。“现在，如果你走在尼泊尔的大街上，当地人会主动用尼泊尔语对照着英语和你讲拼音，用中文向你问候‘你好’。这种对中国的倾慕感和亲近感，在他们的脸上显露无遗。”李丽说。

【中国应急管理杂志社】

深入学习训词 躬身践行训词

因为一项神圣而光荣的授旗仪式，2018 年 11 月 9 日被永远地载入我国应急管理事业发展史册。

这一天，国家综合性消防救援队伍授旗仪式在人民大会堂举行。中共中央总书记、国家主席、中央军委主席习近平向国家综合性消防救援队伍授旗并致训词，提出“对党忠诚、纪律严明、赴汤蹈火、竭诚为民”四句话方针要求，不仅为国家综合性消防救援队伍建设指明了方向，更饱含了习总书记对这支队伍在政治、作风、纪律、能力建设上的殷切期待。

围绕学习宣传贯彻习近平总书记训词精神，应急管理部党组书记黄明指出，忠实践行习总书记重要训词，核心在真学、关键在真做。

作为被党和人民寄予厚望的国家综合性消防救援队伍，对照训词要求，消防救援局、森林消防局等单位基层队伍在掀起深入学习训词精神热潮的同时，更以实际行动积极践行训词精神。

森林消防局学习践行习总书记 重要训词精神

习近平总书记向国家综合性消防救援队伍授旗并致训词后，按照应急管理部党组统一部署要求，森林消防局扎实开展“学训词、铸忠诚、创新业、立新功”主题教育活动。11月25日起，森林消防局司令员徐平、政委戴建国率党委班子成员按照“走在前列”的政治要求，深入黑龙江、云南、西藏等10个省（直辖市、自治区）为消防救援队伍宣讲习近平总书记重要训词精神。通过与基层一线指战员广泛交流座谈，从“充分认清习近平总书记授旗并致训词的重大意义，深刻领悟习近平总书记训词的丰富内涵和核心要义、忠实践行习近平总书记训词，全面推进国家综合性消防救援队伍建设发展”三个方面，推动消防救援队伍在学懂上下功夫、在弄通上求深入、在做实上出成果。

以领袖训词为指引 奋力开创森林消防事业新篇章

■ 森林消防局司令员：徐平

作为同老百姓贴得最近、联系最紧的队伍，消防救援队伍直接服务经济社会发展，直接保障民生民安，是党和人民特别需要的一支队伍。我们必须进一步增强政治责任感和历史使命感，自我加压，敢于担当、不辱使命，坚决贯彻习总书记和党中央战略决策部署，坚决扛起应急救援主力军和国家队这杆大旗，以奋发有为的姿态推动我国森林消防事业创新发展，努力为经济社会发展和人民群众安居乐业营造安全稳定的良好环境。

强化看齐追随的政治责任。适应新体制、履行新职能、担当新使命，是思想上的新挑战，是工作上的新标准，归根结底是政治上的新要求，考验的是森林消防这支英勇善战队伍的忠诚、担当和勇气。必须切实把思想和行动统一到习总书记和党中央决策部署上来，以坚强的党性和政治品格，不折不扣落实好各项改革举措，全力推进森林消防队伍建设转型升级、创新发展。

无论体制怎么变，森林消防队伍坚持党的绝对领导之魂不能变。要认真落实新时代党的建设新要求，增强“四个意识”，坚定“四个自信”，践行“两个维护”，要深入学习贯彻习近平新时代中国特色社会主义思想，坚持对党的基本理论、基本路线、基本方略的政治认同、思想认同、情感认同，使其转化为推动森林消防队伍改革发展的强大动力，确保队伍转型发展的正确方向。

肩负起履行新使命的历史担当。建立一支正规化、专业化、职业化的综合性消防救援队伍，全面提高我国森林消防的能力水平，关系国计民生，对维护人民群众生命财产安全和社会稳定，具有重大而深远的意义。

适应新体制，担当新使命，不仅仅是改个名称、换套服装的简单事情，而是事关国家应急管理事业，特别是森林消防事业的长远大计。我们既要转好“身子”，又要换好“脑子”；既要解决老问题，又要解决新问题。在思想观念上，要大胆破除老套路、老办法，勇于进取；在对待利益上，要正确处理个人、家庭与单位之间的关系，自觉在服从大局下行动；在对待风气上，坚持纪律部队的建设标准，坚持初始即严，创造良好的政治生态，用铁的纪律打造铁的队伍。

在继承优良传统中创新发展。新中国成立以来，党和国家高度重视森林消防工作，培养锻造了一支特别能吃苦、特别能战斗、特别能奉献的森林消防队伍，积淀形成了“不畏艰险、不怕困苦、不计得失、不辱使命”的森林消防精神，这是我们必须继承和发扬的宝贵精神财富。

进入新时代，面对新使命、新要求，我们必须从理论与实践结合中，系统梳理主力军怎么建、国家队怎么战，理顺领导关系、指挥关系、保障关系，理清工作界面、工作机制、工作流程等各方面的问题。进一步解放思想，大胆创新，把解决问题作为前进的动力和创新的起点，强化谋划创新、推动创新、落实创新的思想自觉和行动自觉，人人争当创新的推动者和实践者，让创新在森林消防队伍蔚然成风。

新一代森林消防人有幸见证并亲历这场伟大历史变革，既是时代的馈赠，也是时代的重托。森林消防队伍一定能以新气象、新担当、新作为，不断增强人民群众的获得感、幸福感、安全感，努力在新起点上创新业、立新功，不断创造无愧于历史、无愧于时代、无愧于党和人民的业绩。

聚焦主责主业 打造空中应急救援主力军

——森林消防局直升机支队学习践行训词精神侧记

■ 本刊记者：付瑞平 通讯员：黎伟

在人民大会堂现场参加完习近平总书记向国家综合性消防救援队伍授旗仪式后，满怀自豪之情的森林消防局直升机支队政委陈刚回到支队，便一头扎进办公室，赶写宣讲提纲，一写就是8个小时，晚饭也顾不上吃。他说，当时心中只有一个想法：第一时间向支队全体指战员宣讲习总书记训词，让大家全面学习、深入领悟习总书记训词精神。

森林消防局直升机支队政委陈刚：“在国家综合性消防救援队伍建设中，我们支队作为国家航空应急救援队伍的一员，只有进一步锤炼空中搜索营救、运输救援、空中灭火等救援能力，不断提升夜间和复杂气象等条件下执行任务的能力，打造一支国内一流、国际领先的空中应急救援力量，才能真正发挥好主力军、国家队的作用。”

森林消防局直升机支队副政委姜福民：“习总书记训词明确了消防救援队伍的定位，指明了消防救援队伍发展的方向，让我们这支队伍心更稳了、干劲更足了。特别是建设国家综合性消防救援队伍的要求，不仅拓展了我们的职能任务和发展空间，也对我们的能力提出了更高的要求。未来，我们直升机支队将发挥直升机快反优势，全方位参与航空应急救援，体现队伍价值，真正做到竭诚为民。”

森林消防局直升机支队政治处主任刘春野：“习总书记训词让我们这支逆火而行的救援队伍信念更加坚定，参与我国应急救援事业的决心更加坚定。作为国家航空应急救援队伍的一员，我们将以永不懈怠的精神状态和一往无前的奋斗姿态，打造一支水平一流的航空应急救援队伍，切实担负起党和人民赋予的神圣使命。”

森林消防局直升机支队场站政委孙雨峰：“习总书记训词是对我们这支队

伍的最高政治荣誉、最高要求和最高政治嘱托，意义非同凡响。作为一支基层队伍，必须站在国家应急救援事业发展的大局上，不断提升自身能力，实现‘一专要精、多能要强’，把森林灭火这个主责主业做精的同时，增强不同类型灾害救援的能力，才能在未来多样化任务中承担更多责任，在党和人民最需要的时候，迎难而上，救民于水火。”

森林消防局直升机支队机务大队一中队机械师宋世玉：“作为个人，对党忠诚的一个重要体现就是把自己的个人前途融入应急管理事业的发展，不计较个人利益得失；纪律严明就是要求我们转制后要用更高更严的纪律标准要求自我；赴汤蹈火、竭诚为民就是要求我们抓紧学习新知识，研究新战法，加快转型升级，在任务面前真正让老百姓放心。”

引进专业装备，拓展更多机型。面对国家综合性消防救援队伍的新职责、新使命，直升机支队积极增加训练设施和装备，增加了吊篮、吊椅等特种装备。同时，正积极谋划在现有直升机装备基础上，引进更多机型，以适应未来遂行医疗救援、海上救援等多样化航空应急救援任务。

增加地震救援、城市消防等训练课目。针对支队指战员在学习习总书记训词过程中普遍产生的“本领恐慌感”，支队层面统一规划引导，加大了冬训项目中搜索救援、吊篮营救、索（滑）降、机降、空投给养、战地救护等课目的训练强度，加强了夜间和复杂气象条件下的飞行训练频次，突出特殊环境下战训法研究，同时在增加地震救援、城市消防等领域理论学习的基础上，积极开展跨专业训练，加强不同救援场景课目训练，全面练就过硬本领，确保在多样化救援场景中做到飞得起来、落得下去、救得出来。

此外，支队还组织全体指战员到大庆消防支队参观见学，与驻地公安局、交警支队、蓝天救援队、医院等探索协作模式。

训练热情高涨，积极提升素质。通过深入学习训词精神，支队指战员无不感觉到使命光荣、责任重大，训练热情进一步高涨，想要执行任务的愿望也更加迫切。大家一致表示，转制后作为职业队伍，专业能力要求更高，只有一步一个脚印地加紧训练，提升专业能力素质，才能当好新时代的“空中守夜人”。

克服一切困难 提升综合救援能力

——内蒙古大兴安岭森林消防支队学习践行训词精神侧记

■ 本刊记者：付瑞平 通讯员：温柏志

作为一支担负着大兴安岭1067万公顷原始森林防火灭火任务的主力部队，内蒙古大兴安岭森林消防支队（以下简称大兴安岭支队）虽地处偏远林区，但始终深感责任重大。因此，在习总书记向国家综合性消防救援队伍授旗并致训词后，对照习总书记四句话方针要求，大兴安岭支队首先对各大队队伍情况进行了一次全面摸底检查，认真梳理了当前队伍建设中存在的薄弱环节，为下一步提升队伍综合消防救援能力找准了着力点。

内蒙古大兴安岭森林消防支队政委康建有：“在转制过渡期，习总书记训词可以说为消防救援队伍吃了一颗定心丸，打了一剂强心针，整个队伍精神为之一振。对照四句话方针要求，对党忠诚是我们这支队伍一贯的传承。下一步，大兴安岭支队的工作重点是提升一专多能的综合消防救援能力，在练精森林灭火主业能力的基础上，有针对性地增强专业救援能力，承担新的职责使命，不辜负党和人民期望。”

内蒙古大兴安岭森林消防支队副政委李跃飞：“贯彻落实习总书记训词，首先要转变思想，增强忧患意识。特别是面对全新的职责使命，面对未来将要承担的综合消防救援任务，要全面审视自身，分析当前面临的建设瓶颈和问题，有针对性地提出解决思路，有的放矢地提升能力建设，才能真正承担起应急救援主力军和国家队的职能作用。”

内蒙古大兴安岭森林消防支队政治处主任邱林泉：“不管是现役还是转制后，对党忠诚都是一个根本要求。特别是作为一名党员，必须要听党指挥，跟党走。严明的纪律是完成任务的保证，赴汤蹈火是对队伍能力建设的一个根本要求，竭诚为民则要求我们一切以服务人民为宗旨，把保障人民群众生命财产安全作为我们的根本追求。”

学习训词，凝聚队伍。围绕习总书记训词精神，结合队伍实际，大兴安岭支队把“学训词、铸忠诚、创新业、立新功”主题教育细化为三个小专题，在开授大课的同时进行小课串讲，使训词精神更加深入人心，引领支队实际工作开展。

学习训词过程中，2017 年 9 月从大兴安岭支队莫尔道嘎大队退伍转业的老兵邹健，看到习近平总书记亲自向国家综合性消防救援队伍授旗并致训词，第一时间与大兴安岭支队领导联系，表示政策允许的话，愿意重新归队。了解这一情况后，大兴安岭支队主动邀请他与全体指战员分享真实心路历程和学习训词心得。他表示：“习总书记亲自授旗并致训词，充分体现了党和人民对国家综合性消防救援队伍的高度重视和亲切关怀。森林消防队伍转制后，不仅灭火救援的中心任务没有变，还拓展了职责使命，无疑给大家提供了更大的发展平台。”

由退伍老兵结合亲身经历分享学习训词心得，作为大兴安岭支队学习习总书记训词精神的一个特殊而生动的方式，引起了全体指战员的共鸣，进一步增强了队伍的荣誉感和凝聚力。

拓展山岳、水域、地震等专业救援能力。面对转制后新使命、新任务，结合林区特点，大兴安岭支队陆续开展了装备技术革新等课题研究，并结合各大队所处地理位置特点，组建了山岳、水域、地震等专业救援队伍。下一步，大兴安岭支队将配套引进相应专业救援装备，添置绳结、冲锋舟等专业救援器材。此外，大兴安岭支队还采取“走出去、请进来”的方式，先后与当地蓝天、中鹏等救援队开展交流，学习相应救援理论知识和防范处置经验，有针对性地增加训练课目，为未来承担多样化应急救援任务打实了基础。

关起门来补短板，积极主动去作为。政委康建有表示，针对以往没有接触过的救援领域补短板、强能力，是支队目前工作的一个重点。现在只有关起门来赶紧用功、积极补课，提升能力，未来才能真正做到竭诚为民。

不仅能力在提升，大兴安岭支队的思想理念也在发生着深刻的转变。为更好地承担城市消防救援任务，大兴安岭支队不仅将以往冬季封存起来的水罐、水带等装备改为常备状态，还主动与当地相关部门对接，随时随地准备救援。

消防救援局学习践行习总书记重要训词精神

习总书记向国家综合性消防救援队伍授旗并致训词后，消防救援局副局长琼色、副政委詹寿旺联合发表署名文章《牢记嘱托不辱使命 奋力开创新时代消防救援事业新局面》指出：对党忠诚是立队之魂，是一支队伍的灵魂和命脉；纪律严明是立队之基，是一支队伍的传承和坚守；赴汤蹈火是立队之要，是一支队伍的使命和担当；竭诚为民是立队之本，是一支队伍的价值和形象。四句话方针是相互联系、有机统一的整体，标定了国家综合性消防救援队伍建设的目标定位，确立了新时代推进消防救援工作的时代主题，是指导消防救援工作的“纲”、统领队伍建设的“魂”，是消防救援队伍的“新时代强队目标”，必将对在新的历史起点上奋力开创消防救援事业新局面，产生重大而深远的影响。

践行训词精神 重整行装再出发

——北京市天安门地区消防救援支队故宫中队学习践行训词精神侧记

■ 本刊记者：付瑞平　通讯员：罗洪洲

作为一支身处政治核心区、离党中央最近的消防队伍，11 月 9 日，习近平总书记向国家综合性消防救援队伍授旗并致训词时，北京市天安门地区消防救援支队故宫中队的指战员正坚守在人民大会堂的安保执勤岗位上。虽然无法现场观看授旗仪式，但执勤的消防队员回到中队后仍然十分兴奋，与大家分享当时的内心感受：“为自己所属队伍的授旗仪式执勤做保障，与以往任何一次执行任务时的心情都不一样，感觉更加地自豪。”

北京市天安门地区消防救援支队政治处主任黄大勇：“习总书记亲自向国家综合性消防救援队伍授旗并致训词，体现了党和国家对我们这支队伍的高度重视，是对我们全体消防指战员多年来浴血奋战、无私奉献的最高褒奖。改制后，我们这支队伍对党忠诚、竭诚为民的热血不会变，并将进一步严明纪律，加强训练，提升自身能力素质，不忘初心，继续前行，在一次次消防救援任务中担负起党和人民赋予我们的职责使命，不辜负党和人民对我们的厚望和嘱托。”

北京市天安门地区消防救援支队故宫中队指导员蔡瑞：“习总书记在训词中说到，消防队伍是同老百姓贴得最近、联系最紧的队伍。以故宫中队为例，平均每年执行火警、抢险救援以及勤务出动任务达1000余起。特别密集的作战行动频率，决定了我们这支队伍必须特别能吃苦、特别能战斗，具备过硬的本领。面对综合性消防救援的新使命，按照习总书记训词要求，我们既要传承好以往优良传统和战斗作风，更要迅速调整状态，增强能力训练，练就刀山敢上、火海敢闯的真本领，成为合格的职业消防员，才能真正做到竭诚为民。”

营造“六个一”宣传氛围。故宫中队深入开展了以制作一条宣传横幅、制作一块主题展板、制作一块主题板报、轮播一套宣传口号、设计一套主题壁纸、组织一轮组歌学唱为主要内容的“六个一”宣传氛围营造工作，形成了学习训词精神的浓厚氛围。

积极建立“基础化、专业化、实战化＋基地化”训练体系。作为一支天天在出勤、天天在战斗的消防队伍，故宫中队坚持“备战即作战”理念，构建执勤训练作战指挥新模式，做到“以训促战、训战融合”。特别是改革转制后，故宫中队进一步强化问题，改革训练机制，实现由单一灭火救援训练向综合应急、跨域支援训练转变，由侧重技能训练向技战术、协同合成训练转变，由依靠操场训练向基地化、模拟化训练转变，建立了“基础化、专业化、实战化＋基地化”训练体系。

把工作做到细致、精致、极致。由于承担着政治核心区、故宫建筑文物群等敏感区域的消防和勤务工作，故宫中队每位指战员都经过精挑细选，具有极强的责任心。为彻底消除火灾隐患，故宫中队把工作重点放在防上，每天坚守

在消防安全第一线。面对故宫客流量大、随时有可能出现火灾隐患的实际情况，故宫中队指战员一年365天、一天24小时，每时每刻不放松，随时检查每个树洞、每个垃圾筒，甚至反复趴下检查车辆是否存在漏油等问题，把工作真正做到了细致、精致、极致。中队指导员蔡瑞说：“对于我们这支队伍来说，辖区内已连续6年没火情就是对我们最大的褒奖。”

传承英雄精神　承担新的职责使命

——天津市开发区消防救援支队八大街中队学习践行训词精神侧记

■　本刊记者：付瑞平　通讯员：张鹏

走进天津市开发区消防救援支队八大街中队营区，主楼顶上矗立的十六个大字“对党忠诚、纪律严明、赴汤蹈火、竭诚为民”赫然跃目，显得格外耀眼。

作为一支英雄中队，自今年 1 月 15 日收到习近平总书记在致信中作出的重要指示，八大街中队始终坚持走前列、当标杆、做表率，特别是习总书记致训词后，八大街中队毫不动摇地把四句话方针要求融入血脉、植入灵魂，有力地践行了习总书记的殷切期望和千钧重托。

天津市开发区消防救援支队政治委员谢越驰：“学习习总书记训词的过程也是我们这支队伍脱胎换骨、浴火重生的一个过程。对党忠诚不仅体现在灭火救援一线，也体现在日常工作学习训练中。具体到改革转制，势必会对某些个人利益产生一定影响，这时候，拥护支持投身改革就是最大的对党忠诚。作为综合性消防救援队伍，同样需要严明的纪律和过硬的本领，这是完成任务的保证。而作为同老百姓贴得最近、联系最紧的队伍，消防队伍常年与周边社区、

组织共建共防，宣教消防精神和消防安全理念及常识，增强各行业消防安全意识和技能，巩固消防安全防控体系，本身就是竭诚为民最好的体现。”

天津市开发区消防救援支队八大街中队政治指导员李剑：“转制前，我们的荣誉感更多地来自军人身份，转制后，我们的荣誉感真正来自于所从事的消防救援职业本身，这更加坚定了我们不忘初心、继续前行的勇气和决心。同时，作为一支‘养兵千日、用兵千日’的队伍，竭诚为民更多地体现在日常工作中，这要求我们今后要更加主动地提升为民服务的能力，确保人民群众生命财产安全。”

天津市开发区消防救援支队八大街中队中队长孙庚：“习总书记亲自授旗并致训词是给予国际综合性消防救援队伍无上的荣耀，也是巨大的责任和压力。

接下来只有用更多的付出奉献，才能让队旗更加鲜艳。我们八大街中队在大火面前向党和人民证明过自己，未来只有继续提升能力素质，把人民放在最高位置，才不辜负党和人民的信任。”

开展形式多样的学训词活动。习总书记致训词后，八大街中队先后开展了主题政治学习、训词学习标兵评选、签名宣誓等活动。同时，精心制作了学习训词主题板报，拍摄了学训词微视频，更换了营区大院和楼道文化宣传栏，编排了《芳华 1985》情景剧，并教全体指战员学唱应急救援队伍队歌《生命至上》等，形成了浓厚的学习宣传贯彻习总书记训词精神的氛围。

发出学习贯彻习总书记训词倡议书。作为一支具有英雄精神传承的队伍，八大街中队在天津消防总队范围内率先发声，发出学习贯彻习总书记训词倡议书，表达了高举英雄旗帜、争当改革先锋的信心和决心。

面对综合性消防救援的新职责、新使命，对照训词要求，八大街中队一方面通过科学有效训练，积极带领队伍向高效、智慧救援转变，另一方面结合冬训比武练兵，加大训练强度和难度，鼓励大家进一步提升能力，以适应多样化消防救援任务要求，发挥赴汤蹈火、竭诚为民的作用。

支队政治委员谢越驰表示，下一步，八大街中队还将在专业化、职业化人才储备方面先行先试，通过与南开大学等单位合作交流，吸引更多优秀的专业人才到消防救援队伍中来。

用实际行动践行“竭诚为民”要求。竭诚为民就是把人民放在心中最高位置，一切以人民为中心。围绕这一要求，八大街中队广泛开展爱民实践活动，不仅到学校讲消防故事、教消防常识，还经常利用演习演练等时机，到社区开展防火安全检查，排查火灾隐患。八大街中队的“爱心志愿小分队”还长期帮扶孤老户，开展捐资助学、爱心献血等活动。中队政治指导员李剑说：“消防队伍竭诚为民，其实就体现在防火灭火、扶贫帮困、捐资助学、无偿献血等一点一滴的日常小事儿中。”

【中国安全生产杂志】

行动起来，减轻身边的灾害风险

■ 本刊记者：张爱玲 潘文峥 赵柔嘉

编者按：5月12日，是汶川地震十周年，也是国家第十个“防灾减灾日”。人类诞生至今，几乎每天都面临着各种自然灾害的威胁。我们不可能完全预防自然灾害的发生，但是可以通过防灾减灾在人与自然的相处中学会掌握主动，把灾害的损失降低。未雨绸缪是防灾减灾的基础。应急管理部的成立让防灾减灾工作有了崭新的开端，在大部门“优化、协同、高效”的部署下，提高国家应急管理水平、提高防灾减灾救灾能力，确保人民群众生命财产安全和社会稳定的应急管理事业必将跃上一个新台阶。“行动起来，减轻身边的灾害风险”，是今年“防灾减灾日”的主题，在全国各地行动起来做好防灾减灾工作的同时，本刊采访了相关专家，从不同角度就新形势下的防灾减灾工作进行探讨。

从法治角度推进地震巨灾保险

加强震灾研究是对地震的最好纪念，也是对遇难同胞的最好怀念。2008年5月12日，四川省汶川县发生Ms8.0级特大地震，造成直接经济损失8452亿元人民币。地震灾害发生后如何减灾、进行灾后重建是一项长远而艰巨的任务，就这个问题本刊记者采访了防灾科技学院副院长刘春平。

地震巨灾保险制度出炉

刘春平告诉记者，汶川地震发生时，我国地震巨灾保险制度还没有建立起来，保险赔付仅为 20 多亿元，占比是 0.2%。相比国际巨灾保险一般赔付比率 30% ~ 40%，地震巨灾保险在促进灾后恢复重建等方面的作用甚微，灾后恢复重建完全依靠政府财政支持。因此，汶川地震后，地震巨灾保险制度得到党中央、国务院以及地方政府和社会各界的广泛关注。2008 年 12 月，我国修订通过了《防震减灾法》，明确提出“国家发展有财政支持 的地震灾害保险事业，鼓励单位和个人参加地震灾害保险”，并建议相关部门加快针对地震保险条例细则的制定，加快推进我国地震立法工作。

经过几年的发展，十八届三中全会《中共中央关于全面深化改革若干重大问题的决定》明确提出了“完善保险经济补偿机制，建立巨灾保险制度”，财政部于 2016 年 5 月 11 日出台了《建立城乡居民住宅地震巨灾保险制度实施方案》（以下简称《实施方案》），标志着我国地震巨灾保险制度迈出关键一步。2016 年 7 月 1 日，中国城乡居民住宅保险产品正式销售，标志着我国城乡居民住宅地震巨灾保险制度正式落地。2016 年，习近平总书记“7 · 28”讲话中提出“两个坚持”“三个转变”的防灾减灾救灾的新理念新思想新战略。2017 年 1 月 10 日，中共中央、国务院《关于推进防灾减灾救灾体制机制改革 的意见》明确要求“统筹考虑现实需要和长远规划，建立健全城乡居民住宅地震巨灾保险制度”。

如何保障灾后权益

根据《实施方案》，我国城乡居民住宅地震巨灾保险运行采取“整合承保能力、准备金逐年滚存、损失合理分层”的运行模式。刘春平告诉记者，地震巨灾保险运行要选择偿付能力充足、服

务网点完善的保险公司作为地震巨灾保险经营主体，提供地震巨灾保险销售、承保及理赔等服务。保险公司通过销售地震巨灾保险产品，将保费集中，建立应对地震灾害的损失分层方案，分级负担地震风险。计提地震巨灾保险专项准备金，作为应对严重地震灾害的资金储备。

刘春平说，一旦发生地震，将地震造成的城乡居民住宅损失，按照“风险共担、分级负担”的原则分担。损失分层方案设定总体限额，由投保人、保险公司、再保险公司、地震巨灾保险专项准备金、财政支持等构成分担主体。投保人是地震巨灾保险产品的购买者，以自留的方式承担小额度的第一层损失。经营地震巨灾保险的保险公司，承担地震巨灾保险自留保费所对应的第二层损失。参与地震巨灾保险再保险经营的再保险公司， 承担地震巨灾保险分人保费对应的第三层损失。地震巨灾保险专项准备金按照相关部门的具体管理办法提取，以专项准备金余额为限，承担第四层损失。当发生重大地震灾害，损失超过前四层分担额度的情况下，由财政提供支持或通过巨灾债券等紧急资金安排承担第五层损失。在第五层财政支持和其他紧急资金安排无法全部到位的情况下，由国务院保险监督管理机构会同有关部门报请国务院批准，启动赔付比例回调机制，以前四层分担额度及已到位的财政支持和紧急资金总和为限，对地震巨灾保险合同实行比例赔付。

地震巨灾风险遇到的挑战

由于我国是地震灾害多发地区，城乡居民住宅是家庭财产构成最重要的部分，灾后灾民权益保障问题十分重要。我国 2016 年出台的《实施方案》是必要和适时的。由于我国尚未出台地震巨灾保险条例，在法律法规层面上缺少对购买“地震巨灾险”的支持。要让“住宅地震巨灾险”真正起到作用，必须坚持“谁投保谁受益”，一旦出险，赔付资金必须首先回到投保者手中， 由投保人或其指定的委托人处置。此外，对于住房贷款的安全，银行不能把地震巨灾风险责任全都推到贷款人身上，如果希望以保险形式来保证贷款安全，则应该明确规定权利与义务，并根据相关法律法规进行处理。

刘春平表示，无论是地震高风险区还是低风险区，城乡居民住宅地震保险需要坚持“投保自愿、退保自由”的原则。如果一些地震高风险区需要强制购买，也必须等到条件成熟才行，特别是要有法律法规依据才能进行强制购买。对投保以及赔付时房屋的价格、质量、折旧等，要由中立的第三方的评估机构进行评估，且第三方机构要具有资质，不能由保险公司直接或间接垄断。另外，我国中西部住宅价格差异大，东部大型城市房价基本都超过了百万元，100 万元的额度上限是否有上调的余地，这些都需要进行科学分析和探讨，否则难以实现我国实施地震巨灾保险制度的目的。

《实施方案》是国家防灾减灾体系中重要的试点，我国巨灾保险制度的设计者和实施者要尽快完善制度，基本的指导思想是在不过多增加居民负担条件下，建立“公众接受，有效保障”的城乡居民住宅地震巨灾保险制度。

从法律角度推进相关工作

从法律角度推进地震巨灾保险工作，应该将地震巨灾保险的性质、承保范围、投保方式、费率标准、监管方式、风险分散方式和损失分担比例等很多实质性的问题予以专门性法律规定，明确写入条例。刘春平告诉记者，目前，《地震巨灾保险条例》（以下简称《条例》）在征求各方意见，应该尽快推动《条例》出台，以便全面建立健全地震巨灾保险制度，并将其纳入国家综合防灾减灾救灾体系当中。因为地震灾害保险涉及公民住宅的财产权利，政策性极强，《条例》能够强化实施城乡居民住宅地震巨灾保险制度的法律地位，有效保护公民住宅的保险财产权利。

为了保证地震等巨灾保险制度的长远和有序发展，刘春平还建议国家在相关立法（如《灾害保险法》《救灾法》等）中确立地震等巨灾保险制度，明确政府、保险公司等各方在巨灾保险制度中的职责和权限，规范巨灾保险的实际操作，全面落实中共中央、国务院《关于推进防灾减灾救灾体制机制改革的意见》的任务和要求，“统筹考虑现实需要和长远规划，建立健全城乡居民住宅地震巨灾保险制度”。

在地震等灾害的防灾减灾救灾方面，我国现有法律还缺少防灾减灾救灾综合性法律法规，目前我国防震减灾工作强调综合防灾减灾和救灾机制，党中央和国务院机构改革成立了应对自然灾害和事故灾难的综合管理机构—— 应急管理部，统一的部门需要一部综合性的基本法，对于地震灾害，一部单行的防震减灾法还不能适用难以预测的地震灾害和由地震引发的系列灾害，亟需建立综合性防灾减灾救灾基本法，统筹地震、地质、水旱、气象等自然灾害的防灾减灾救灾工作，形成应对自然灾害的整体法律制度，提升政府和社会应对自然灾害的水平和能力。在防灾减灾救灾法律法规中，要对防灾责任明确化、减灾工作系统化、巨灾财政金融支持制度化，以及灾害紧急状态的特别规定等几个方面进行完善。

总之，健全完善的防灾减灾基本法律和相关法律体系是根本上实现从减少灾害损失向减轻灾害风险转变，切实提高防灾、减灾、救灾工作法治化水平，全面提升全社会抵御自然灾害的综合防范能力。

增强全民地震防灾减灾意识

应急管理部刚刚成立，全国各类安全生产和自然灾害应急管理工作千头万绪，地震巨灾尽管发生概率低，但一旦发生，损失巨大，社会影响深远。刘春平建议，应急管理部在增强全民地震防灾减灾意识方面，要以增强防震减灾工作意识为抓手，加强全社会的防震减灾科技文化建设，从政府到社区到家庭，让全社会感受到防震减灾文化，增强防震减灾意识。增强全民地震防灾减灾意识不仅体现在文化建设和科普宣传上，更重要的是让全社会真实地感到防震减灾建设工作落到实处。为城乡居民社区提供防震减灾设施、应急准备物资，改善加固房屋抗震性能等，让全民真切感受到防震减灾的重要性和实效性。

如何增强全民地震防灾减灾意识方面，刘春平建议做好以下几个方面的工作。

一是提高各类各级学校的防震减灾教育工作，乡村中小学防灾教育需要提高科学性、普及性和实效性，城市中小学和大学的防震减灾教育，需要提高实效性；二是提高城乡居民的防震减灾准备工作，我国城乡居民的防灾准备不足是普遍现象，亟须给予教育、培训；三是提高各类企事业单位的防震减灾准备工作，加强地震高风险区企业事业单位，特别是地震次生灾害风险高的企 事业单位（例如石化类企业，人员密集的娱乐业场所）的防震减灾准备工作进行监督检查；四是提高各类防震减灾科普教育进家庭、进社区、进公益场所，切实增强每个居民家庭和个人自身的防震减灾意识，不仅仅停留在媒体宣传的纸面上、演讲比赛的活动上，而是走入居民的日常生活里；五是提升全社会的科学防震减灾知识、完善防震减灾文化和提高自救互救技能。

防灾减灾：要有从宏观到微观的部署

“思危所以求安，虑退所以能进”。国家组建应急管理部，是真正意义上各界呼吁了近三十载的综合减灾的实现，它使以预防为主的多灾种的应急与常态管理协同性、整体性、优化性成为可能。体现了新时代，中国社会与城市高质量发展在化解灾难事故时，不可缺失的忧患意识与底线思维。在第十个“防灾减灾日”到来之际，本刊记者采访了中国灾害防御协会副秘书长、北京市人民政府专家顾问、住建部防灾委员会委员金磊。

成就与问题并存

金磊告诉记者，在正视我国防灾减灾成就的同时，也要发现我们尚存在的问题。2018 年 4 月 14 日，金磊在四川省绵阳市由中国灾害防御协会、中国文物学会等主办的“地震遗址保护与利用座谈会”上，在回顾汶川十周年灾难记忆时，感到 2008 年“5 · 12”那黑色的 90 秒，除了伤痛之外，还有来自灾区人民的坚强。金磊在会上就“灾害类纪念建筑品鉴”作了学术报告，要点有三：

建筑与遗址是灾难时代的纪念碑，因为它从精神与文化层面通过物质载体留下印迹；灾难类纪念建筑物，中外皆以减灾文化脉络及超常规的方式体现灾难思想；灾难类纪念建筑既悲壮动人，又让后人念起令人敬仰的国之功绩、家之情怀等。在回望我们自 2003 年“非典”“5·12”汶川巨灾十周年乃至一系列灾害后，国家进步的标志，除了国家综合减灾从理念到行动、从部署到能力、从城市到乡村与社区，都体现了常态不忘应急态的准备之中。

在法律机制的成就方面，金磊表示，要看到大灾难对中国最大的改变是管理体制与机制，是从上到下的协同与有序，是正在完善的国家综合减灾管理政策与法规的不断出台。“5·12”汶川巨灾分析中，最令人痛心的是中小学校园损毁下掩埋的数千计的无辜学生。于是，在国家教育部、住建部及建筑师的共同努力下，将 25 年之久未修编的中小学校园建筑规范启动修编。重要的是，金磊在参编中将安全设计的理念与方法融入其中。新标准《中小学校设计规范》（GB 50099—2011）已于 2012 年 1 月 1 日经住建部批准在全国施行，这无疑为全国几亿名中小学生校园安危带来福音。

从国家层面上，国家连续发布的“十一五”“十二五”“十三五”国家减灾规划，都强调了综合减灾思想。2015 年 12 月下旬召开的城市工作会议特别强调，城市发展要视安全为第一，要在建设和管理两大环节上同时做好安全减灾的顶层设计。2016 年 8 月，在住建部城建司指导下立意城市综合减灾管理的《城市安全减灾管理读本》正式出版。该书回答了我国在城市建设上应遵循怎样的安 全发展“成长坐标”：即要把握 21 世纪城市减灾及其管理的最新动态；要关注城市应对灾害风险的新特点、新危机；要树立城市安全减灾管理的“问题导向”意识；要营造城市安全减灾氛围，强化全民安全文化自护教育模式。

金磊认为，就目前来说，国家综合减灾建设上尚有不少漏洞及问题。首先，安全能力是国家乃至城市品质建设之根，抓安全重在常态，应急仅仅是综合减灾环节之一，抓应急也要有系统之思，并非仅仅针对救援。抓应急管理更要把控住从常态到应急事件发生整体环节上的管理疏漏。

其次，国家乃至城市的综合减灾重在政策与法规，安全能力提升离不开与之配套的法规与执法体系。城市防灾减灾正步入风险管理态，旨在见微知著，加强城市运行的风险隐患点排查。较普遍的管理失位是责任不落实，致使不少灾祸酿悲剧的原因总相似；在管理盲区与漏洞上，不出大事算侥幸，出了大事不偶然。

最后，从安全应急管理补短上看目前还存在这些现象：重经验、轻制度；重处置、轻预防；重基层、轻顶层；重政府、轻社会；重应急、轻常态；重救援、轻防御；重表彰、轻教训等。

从宏观到微观进行部署

金磊建议说，应急管理部应从宏观到微观对中国城乡防灾减灾建设进行部署。金磊认为，综合分析应急管理部的职责，就是牵头抓安全生产、提升防灾减灾救灾能力、构建应急管理机制、提升社会协同应对能力等。也就是说构建统一体系下的“大部”要成效最大与最优，需要从中央到地方贯穿统一指挥、权责一致的综合机制，绝不是“包办”，而是在综合减灾新理念下，使安全风险防控落实到位。

金磊认为，城市建设的安全减灾管理是应急管理的重要方面，按“大部”制综合减灾管理之思，再不可“凡事”都“九龙治水”，高质量的城市发展需要制度创新。现在看来，应急管理部成立后狠抓综合减灾的落实（灾情观、布局观、设计观、文化教育观等）十分贴切。仅城市安全管理要明晰责任主体一项，“条块分割”与“九龙治水”是必须遏制的，以城市消防为例，要保护住大批历史风貌及老旧建筑物，相关的消防技术标准与法规要与之适应，要再进行创新性解读。

当下最好的例子要属体现综合减灾应对之策的河北《雄安新区规划纲要》（2018 年 4 月 21 日公布）。《纲要》强调建设“安全雄安”，旨在构筑现代化城市安全体系，应急与常态齐抓，确保千年大计万无一失。从综合减灾上看，雄安新区要建城市安全和应急防灾体系，全面提升监测预警、预防救援、应急处置、危机管理等综合防范能力。安全乃一座城市最核心的内容，事故灾难下一失万无。

应急管理部还要瞩目关系“人类命运共同体”的诸多大项目、大工程，从而贡献中国安全减灾的智慧方案。如横跨欧亚大陆，涵盖 70 多个国家 44 亿人口，约占全球人口 63% 的“一带一路”，其沿线跨境灾难不容忽视。从国际灾害数据库统计，“一带一路”沿线灾害损失是全球平均值的 2 倍多；1995—2015 年，全世界前 10 个因气象灾害受难国家中，“一带一路”沿线国家占到 7 个。所以，地震导致滑坡、滑坡碎屑物堆积形成泥石流、再到形成堰塞湖乃至溃决后的洪灾等，都是不容忽视的“灾难链”。所以，串起各国智慧，共同应对灾难（自然与人为），综合减灾机制大有可为（联系到国内正是京津冀协同减灾要借鉴的）。

找准全民安全减灾自护文化教育的方向

金磊告诉记者，应急管理重在找准全民安全减灾自护文化教育的方向。在当今社会中，人的生老病死及盛衰沉浮，难以免除，重在学会必要技能、树立正确心态以应对不测。国家与城市要韧性设计，家庭与个人也要学会有韧性之思的防灾建设。对此，金磊建议，应急管理部在调研分析基础上，为中国编制《国民安全文化建设教育纲要》（年度版），并展开如下三个问题的思考与分析。

我们该如何利用并发展拓新“灾难文化”。早在 1986 年切尔诺贝利核事故后，国际核安全组织即提出核安全文化的概念，旨在应对风险意识和备灾活动需要构建一种安全文化。1990 年联合国减灾十年活动开始后，国际组织更倡导一种预防文化的防灾策略。这令人想到日本著名科幻小说作家小松左京的杠鼎之作《日本沉没》。它 1973 年出版即创下发行 400 万册的畅销纪录。日本“3·11”震灾后，这部灾难文学作品还具有不可替代 的警世作用。石黑耀，被称作“描写日本未来灾难第一 人”，在 2002 年他凭借描写火山喷发恐怖景象的处女作《死都日本》，摘取日本第 26 届梅菲斯特奖。这些灾害文学作品给政府和公众敲响了灾害应对的警钟。近年来中国的“灾事”不可谓不严重，但纵观中国的防灾减灾文化类图书，绝大部分旨在告诫公众灾害来了怎么办，缺少超越减灾自护常识的、有真正启蒙意义的文学灾难作品。

我们该如何理解些灾变太罕见且人类防不胜防。面对日本“3·11”震灾复合巨灾中核危机的升级，日本从政府到东京电力公司都遭到日益尖锐的批评之声。但从另一个侧面讲，至今尚未见到来自联合国国际减灾战略机构对日本巨灾应对能力的权威评判。面对史上最惨烈的地震海啸及叠加的“核灾”，暴露出作为全球防灾强国的日本也必然正视无穷的“未知”，难以预料巨灾之苦及妙复合巨灾应对之策等都成为日本乃至全球应汲取的教训。世界各国只要回顾一下自身的灾难应对史，不难发现，迄今在全世界恐怕难找到日本“3 ·11”巨灾的第二个案。指出这点，是希望从政府到媒体在巨灾的整体传播上不应过度关注“核灾”的打击，还要理性分析巨灾传播的效果。

我们该如何汲取巨灾给安全发展留下的教训。2011 年 1 月召开的世界经济论坛发布了《全球风险报告》，在揭示全球未来十年风险格局时，特别强调不能用 20 世纪体系来管理 21 世纪风险。中国力在克服盲目扩张导致的“城市病”。北京、上海、广州等特大城市的过度扩张，需要政府放弃大而全的发展模式，在得与失之间，在城市安全承载力上做出抉择。其标准是特大城市在涉及基础环境的人口控制、资源失衡、运行欠安全的一系列承载力极限问题上如何不再脆弱，有较强的应对突发事件及大灾难的综合实力。从此种意义上若承认日本从政府到国民自卫队的管理及御灾能力尚达不到满意的标准，那该接受教训的不仅有联合国缺乏全球统一行动的滞后体系，更该包括所有对灾难与发展还欠认知的国家。在这方面壮大起来的中国防灾减灾安全应急体系，要为世界减灾作出应有贡献。

巨灾应急管理需要居安思危的意识和化危为机的能力

2008 年 5 月 12 日，汶川特大地震的发生明显增强了我们对于应急管理的认识，惨痛的代价和巨大的付出，换来了我国政府和人民对于应急管理的意识的增强、知识的丰富、制度的完善和能力的提高。光阴荏苒，转眼汶川特大地震已经过去了 10 年，随着应急管理部的成立，我国的防灾减灾和应急管理工作也进入了新篇章。居安思危、安不忘危，就如何强防灾减灾和巨灾的应急管理，记者专访了中国人民大学公共管理学院国家安全研究中心主任王宏伟。

防灾减灾应预防与救援并重

王宏伟告诉记者，近年来，我国对各级、各类的突发事件都非常重视，处置的效率和水平都有了很大的提升，并建立了应急的体制和机制。所谓体制就是应急管理工作的组织方式，应急管理部的成立，就是体制方面的重大变革。所谓机制就是模式化、固定化的工作方法，我们建立了一系列的监测预警机制、社会动员机制、社会联动机制、应急决策机制等。除此之外，我们还有一套比较完善的应急预案体系。谈到巨灾的应急管理，王宏伟告诉记者：“防灾减灾立足于防，预防为主，预防与救援相结合，预防与救援并重。任何一种灾害，无论是技术原因造成的、人为原因造成的还是自然原因造成的，预防的收益都是非常高的。据统计，如果在预防环节投入 1 美元，那么收益将会是 4 美元。有许多的突发事件不是说想防就能够防得住的，总有一些突发事件会超越人的理性认识和局限。这种情况下，我们就需要有强大的应急救援能力，就是无论在怎样的情况下，我们都有能力把灾害、灾难所造成的影响限制在最低的程度。”

防灾减灾要落实到基层社会单元和每个社会成员

“近些年来，我国和世界上其他国家一样，都进入了一个风险社会。社会公众的安全意识有了很大的增强。但是和西方发达国家相比较，我们还有一定差距。”王宏伟举了一个日本的例子。日本是一个地震和火山灾害频发的国家，每个日本民众都有非常丰富的公共安全知识和应急逃生技能。因此，王宏伟建议，在应急管理能力建设方面，重心一定要下沉，要把应急管理的能力建设体现在每一位社会公众应急知识和防灾避险技能的提升上面。王宏伟认为，未来自然灾害和事故灾难的交集可能会越来越大，因此一定要转变认识，从宏观的角度来考虑问题，需要把企业和社会的应急壁垒打通。“防灾减灾要做得好的话，应急管理一定要落实到基层的社会单元，落实到每一位社会成员身上。”西方发达国家在应对突发事件时，除了政府之外，企业、社会组织和公民个人都形成一张网，形成一道合力。“但我们国家在利用市场力量和社会力量救灾方面可能和西方国家相比还有一定的差距，未来我们的方向就是把对各种灾害的管理变成全社会共同的责任，把基层的应急管理能力坐实。”王宏伟说。

要把防灾和应急知识内化于心

王宏伟认为，风险无处不在，又无时不在。人类必须学会与风险共存。风险突破了人与社会的承受限度，就会演化为打破安全状态的灾难。对于防灾减灾教育，王宏伟也有自己的看法。“作为个体的人，我们要有足够的防灾意识、安全知识与避险能力。一个人与一个社会的发展要真正以安全为红线、为底线，就必须将安全知识内化于心、变成一种素养，同时外践于行、变成一种习惯。”

王宏伟告诉记者：“安全知识显然不是与生俱来的，而是后天习得的。获取安全知识的途径是防灾教育，包括学校教育、社会教育与家庭教育，需要把这三种教育整合在一起。”其中，学校教育发挥的作用不可替代，对一个人的终身将会产生重要影响。王宏伟介绍说，在日本，每年的 9 月 1 日要搞一个全国性的防灾演习。日本的首相都会出席，力度非常的大。“我们总是说‘不要让孩子输在起跑线上’，但我们很少去想‘不要让孩子倒在终点线前’。”防灾减灾素质是国民素质的一个重要体现。因此，王宏伟建议，希望能够将灾害教育纳入到国民教育中，如计算机、英语、数学一样，从娃娃抓起，实现“教育一个孩子，影响一个家庭，带动整个社会”。

安全知识不能仅仅是承载信息的文字。它必须通过经常性的演练，转化为有效、适当的避险行动，紧急状态下才能体现为一种近似程序化的动作。王宏伟认为，现在的普遍现象是，应急演练应当经常开展的法条变成了可有可无的“自选动作”。日本灾害学家寺田寅彦曾说过，天灾总是在人们忘却的时候降临。生活与风险共存，我们要有居安思危的意识，更要有化危为机的能力。因此，他建议应急预案要基于情境的假设，基于角色来进行演练。

【劳动保护杂志】

我国应急管理工作新起点

——访国务院应急管理专家组组长
国家减灾委专家委员会副主任闪淳昌

■ 本刊记者：赵原 图：谭凤珍

国务院应急管理专家组组长、国家减灾委专家委员会副主任闪淳昌

应急管理部的组建，将成为我国应急管理工作的新的里程碑。闪淳昌认为，当前，防灾减灾、安全监管系统全体人员和各类应急救援力量更要站好岗、值好班，这比任何时候都显得重要。

3 月 17 日，国务院机构改革方案表决通过。方案指出，将国家安全生产监督管理总局的职责，国务院办公厅的应急管理职责，公安部的消防管理职责，民政部的救灾职责，国土资源部的地质灾害防治、水利部的水旱灾害防治、农业部的草原防火、国家林业局的森林防火相关职责，中国地震局的震灾应急救援职责以及国家防汛抗旱总指挥部、国家减灾委员会、国务院抗震救灾指挥部、国家森林防火指挥部的职责整合，组建应急管理部，作为国务院组成部门。中国地震局、国家煤矿安全监察局由应急管理部管理。公安消防部队、武警森林部队转制后，与安全生产等应急救援队伍一并作为综合性常备应急骨干力量，由应急管理部管理。不再保留国家安全生产监督管理总局。为此，本刊记者对国务院应急管理专家组组长、国家减灾委专家委员会副主任、原国家安全生产监督管理局副局长闪淳昌进行了专访，请他介绍组建应急管理部的重要意义、当前面临的挑战和下一步的工作部署。

记者（以下简称“记”）：这次国务院机构改革，将各应急救援相关部门的职能整合，组建了应急管理部。在当前形势下，组建这样一个应急管理部的核心要义是什么？对提高国家应急管理能力和水平，提高防灾减灾救灾能力具有怎样的现实意义？

闪淳昌（以下简称“闪”）：根据我国《突发事件应对法》，突发事件主要包括“自然灾害、事故灾难、公共卫生事件和社会安全事件”四大类。这一次组建的应急管理部，其职责主要集中在自然灾害和事故灾难这两大类突发事件，在应对过程中侧重做好应急准备、监测与预警、处置与救援。但是，对于公共卫生事件、社会安全事件和各类突发事件应对的全过程中仍然有协同配合的任务，在做好预防和构建全方位、立体化的公共安全网中有许多工作，任重而道远。正像习近平总书记针对“优化协同高效”这6个字所指出的：“优化就是要科学合理、权责一致，协同就是要有统有分、有主有次，高效就是要履职到位、流程通畅。”这6个字讲得非常深刻，是这次改革的着力点。

国务委员王勇在《关于国务院机构改革方案的说明》中强调了几点：坚持正确改革方向，坚持以人民为中心，坚持全面依法治国，以加强党的全面领导为统领，以国家治理体系和治理能力现代化为导向，以推进党和国家机构职能优化协同高效为着力点，我们应当深刻领会。对这次组建应急管理部的举措，我们从事应急管理工作的同仁们有几点共同感受：

首先，组建应急管理部是习近平总书记人民中心论思想的集中体现。应急管理工作的根本出发点，是减少突发事件及其造成的伤亡和损失，保障人民的生命财产安全。在《习近平谈治国理政》一书中，习总书记讲过这样一段话："平安是老百姓解决温饱后的第一需求，是极重要的民生，也是最基本的发展环境。"习总书记的讲话充分体现了安全的重要性。所以，应急管理部的成立，是习总书记以人民为中心的这一思想非常具体的体现。

其次，这是我们改革开放 40 年来的重要成果。改革开放以来，我们国家在不断探索应急管理的体制改革问题，不断总结抗击非典、应对冰雪灾害、汶川地震等一系列突发事件的经验教训，还派出了一些考察团到美国、俄罗斯等国，及欧洲的多个国家考察，学习借鉴国外在应急管理方面的一些先进理念和做法。我们现在组建的应急管理部，既不同于美国联邦应急管理署（FEMA），也不同于俄罗斯的紧急状态部，它更主要的是具有中国特色，应当讲是众望所归，水到渠成。

我国的应急管理工作第一个里程碑，是2003 年抗击"非典"的斗争。抗击"非典"之后，党中央召开了十六届三中全会，第一次明确提出"建立健全各种预警和应急机制，提高政府应对突发事件和风险的能力"。此后，开展了"一案三制"建设（"一案"是指制订修订应急预案，"三制"是指建立健全应急的体制、机制和法制），为保障我国人民生命财产安全、维护社会安全稳定发挥了重要作用。第二个里程碑，是2008年应对了两大巨灾: 南方冰雪灾害和"5·12"汶川特大地震，还成功举办了奥运会。充分展现了社会主义制度的优势，展现了我们的政治优势和组织优势。第三个里程碑，是党的"十八大"以来，以习近平同志为核心的党中央，在应对各类突发事件中更加依法、有力、有序、有度、有效，全方位、立体化的公共安全网正在积极构建。而这一次应急管理部的组建是第四个里程碑，标志着我国的应急管理工作进入了一个新时期。

我认为在这次机构改革中有四个方面值得重视：

第一，更加注重风险管理，坚持预防为主。习总书记2016年在河北唐山进行调研考察时就提出了关于防灾减灾救灾“两个坚持、三个转变”的重要论断：“坚持以防为主、防抗救相结合，坚持常态减灾和非常态救灾相统一，从注重灾后救助向注重灾前预防转变，从应对单一灾种向综合减灾转变，从减少灾害损失向减轻灾害风险转变。”

第二，更加注重综合减灾，统筹应急资源。当今社会灾害的多发性、连锁性、复合性越来越明显，所以习近平总书记强调“从应对单一灾种向综合减灾转变”。应急救援队伍通常有这样一个特点：如果长期没有经历实战，战斗力就会减弱。为什么这次中央特别强调公安消防部队、武警森林部队转制后，与安全生产等应急救援队伍一并作为综合性常备应急骨干力量？因为消防队伍出警的次数在所有救援队当中是最多的。近年来，消防队伍在城市因火灾出警的比例在下降，有的城市70%左右是参加火灾以外的突发事件的应急救援。所以许多省市的消防队都加挂了“综合应急救援队”的牌子。美国等发达国家的消防队伍多是综合救援队。另外，我们在应急管理中还存在着灾害信息共享和防灾减灾救灾资源统筹不足等问题。统筹应急资源可以减少重复建设，可以使突发事件应对的成效最大化。

第三，更加注重分级负责，属地管理为主。《突发事件应对法》要求，国家建立统一领导、综合协调、分类管理、分级负责、属地管理为主的应急管理体制。目前，一些地方在突发事件应对工作中不同程度存在着等待、依赖、观望的思想。发生了自然灾害存在着虚报损失，伸手向上的现象；发生了事故灾难存在着迟报瞒报、缺乏担当的现象。突发事件多发生在基层，先期处置、属地管理非常重要。王勇同志在《关于国务院机构改革方案的说明》中特别提出：“需要说明的是，按照分级负责的原则，一般性灾害由地方各级政府负责，应急管理部代表中央统一响应支援；发生特别重大灾害时，应急管理部作为指挥部，协助中央指定的负责同志组织应急处置工作，保证政令畅通、指挥有效。应急管理部要处理好防灾和救灾的关系，明确与相关部门和地方各自职责分工，建立协调配合机制。”

第四，更加注重发挥市场机制和社会力量的作用。如安监系统推行的安责险，原保监会、地震部门推行的巨灾保险等，应当拓展和深化，发挥市场机制作用对做好预防和赔付有重要意义，而灾种越多，保险机制的作用越大。再比如企业的专兼职救援队伍，科研院所、高等院校的专家，社会组织和全社会几百万的志愿者队伍，都是应急管理工作不可或缺的重要力量。加强公共安全与应急管理的培训宣传，提高公众的忧患意识和自救互救能力等，也是构建全方位、立体化公共安全网的重要内容。只有充分发挥市场机制和社会力量的作用，才能实现社会共建共治共享。

记：这次机构改革，任务艰巨复杂，组织实施难度大。不仅涉及部门和个人利益调整，众多部门的职能和人员划转，标准体系的修改，以及被整合、合并部门及人员在心理上、实践上的准备与工作上的磨合。如何做到运转正常，实现安全生产和应急管理工作的平稳过渡？

闪：这次机构改革过程中有一个很重要的精神，就是坚持正确的政治方向，做好思想政治工作，严肃改革纪律，确保机构职责队伍等按要求及时调整到位。要确保思想不乱，工作不断，队伍不散，干劲儿不减。改革组建过程中，人的去留进退，机构的撤并重组，都会产出许多活思想。特别是消防队伍的转制。他们原来是现役军人，军人情结非常深厚，再加上目前国家正在提高军人的地位，所以转制后难免会有人产生这样那样的“活思想”。所以，必须尽快制定出符合其自身特点的职务职级序列和管理办法，给予充分的财政支持，提高职业化、专业化救援队伍的职业荣誉感，保持有生力量和战斗力。

需要强调的是，灾害的发生不以人的意志为转移，事故灾难和许多突发事件也不会等我们组建好了再发生。我国是世界上自然灾害最严重的国家之一，灾害种类多、分布广、频率高、损失大。目前，我国台风、洪涝、森林火灾等各类自然灾害进入高发期，安全生产形势依然严峻。所以，做好应对可能发生的重大灾害和事故的应急准备非常重要和迫切。我们在安全管理上有一个说法叫变更风险。就是人员、机构变更，季节变化，经济社会转型、转轨的时候，变更风险不容忽视，风险和挑战突出。在这个形势下，如何把应急管理部门尽快组建好，对今年可能发生的自然灾害和事故灾难能够有效应对，保障人民的生命财产安全，在某种程度上，是老百姓衡量这次机构改革是否成功的一个很重要的标志。所以，当前全国防灾减灾和安全监管系统人员和各类应急救援力量更要站好岗、值好班，加强风险评估、监测预警、保持高度戒备，这比其他任何时候都显得更加重要。

从安全生产监管职能上来讲，《关于国务院机构改革方案的说明》中提到，应急管理部负责安全生产综合监督管理和工矿商贸行业安全生产监督管理等。所以，我们仍然需要按照近两年来中共中央、国务院发布的《关于推进安全生产领域改革发展的意见》《关于推进防灾减灾救灾体制机制改革的意见》《关于推进城市安全发展的意见》，以及《国家突发事件应急体系建设“十三五”规划》《国家综合防灾减灾规划（2016—2020年）》等文件的精神，一如既往、一以贯之地开展工作。从根本上来讲，是要为人民群众服务好，减少事故、减少灾难、减少伤亡，这就是我们的目标。“民生连着民心，民心关系国运。”“公共安全是最基本的民生。”

记：新组建的应急管理部广泛和深度整合了应急管理的职责，有效破解了“九龙治水”困局，下一步，为了充分利用、统筹协调好各方应急救援力量和应急资源，实现提高防灾减灾救灾能力，还有哪些工作亟待开展？还有哪些问题亟需解决？

闪：应当注意处理好预防和处置的关系，处理好应急管理部和其他有关部委的配合问题。中央要求建立健全源头治理、动态监管、应急处置相结合的长效机制。所以，必须在党中央、国务院的统一领导下，进一步加强协调联动。如在预防自然灾害时加强与气象、水利部门的合作；在处置公共卫生事件和社会安全事件时加强与卫生、公安等部门的合作等。从应急管理部的职责上来看，有以下几个用词需要注意：“组织”编制国家应急总体预案和规划，“指导”各地区各部门应对突发事件工作，“推动”应急预案体系建设和预案演练。“建立”灾情报告系统并统一发布灾情，“统筹”应急力量建设和物资储备并在救灾时统一调度，“组织”灾害救助体系建设，“指导”安全生产类、自然灾害类应急救援，“承担”国家应对特别重大灾害指挥部工作。“指导”火灾、水旱灾害、地质灾害等防治。“负责”安全生产综合监督管理和工矿商贸行业安全生产监督管理等。因此，我们应当明确自身定位，在各项工作中履行好应尽的责任和义务。按照中共中央《深化党和国家机构改革方案》中提到的几个时间节点：中央和国家机关机构改革要在 2018 年年底前落实到位。省级党政机构改革方案要在 2018 年 9 月底前报党中央审批，在 2018 年年底前机构调整基本到位。省以下党政机构改革，由省级党委统一领导，在 2018 年年底前报党中央备案。所有地方机构改革任务在 2019 年 3 月底前基本完成。我们衷心希望尽快拿出路线图、时间表，把应急管理部内部各个司局、各下属单位的工作职责尽快理顺，让改革阵痛的时间别太长，磨合期能够短一些，磨合得更好一些，改革成效更突出一些，按照中央的要求整合好、改革好、落实好，真正做到职责到位，流程顺畅。为防范化解重特大安全风险，健全公共安全体系，整合优化应急力量和资源，推动形成统一指挥、专常兼备、反应灵敏、上下联动、平战结合的中国特色应急管理体制，为提高防灾减灾救灾能力，确保人民群众生命财产安全和社会稳定，作出应有的贡献。我们也坚信，在党中央、国务院的领导下，新组建的应急管理部一定会给党和人民交出一份满意的答卷。

【中国消防杂志】

消防人激情燃烧的岁月

——纪念改革开放 40 周年

■ 王英　宋凯　董大正

2018 年，是中国改革开放 40 周年。40 年在历史长河中只是弹指一瞬，却记录了中国经济社会发展极其辉煌的历程。作为服务社会发展、保障公共消防安全的一项事业，中国消防的发展与改革开放相伴相随，其成长变迁深深融入了改革开放大潮之中。

苟日新，日日新，又日新。在 40 年漫长而又短暂的岁月中，古老而又年轻的中国消防不断走向充满希望、充满生机的新天地。小变化，大不同，各个时期参加消防工作的人，感受到的变化是不同的，但这些小变化聚集起来，就是改革开放翻天覆地的发展变化，就是消防事业蓬勃奋发的成长进步。这其中，蕴含着一茬茬消防人希冀安宁的梦想与追求、保驾护航的忠诚与担当。近期，本刊记者走近他们，倾听心声，记录时光，以期从一个个场景、一个个故事，折射出中国消防走过的点点滴滴，以此献礼改革开放 40 周年。

中国消防改革从未止步

今年，消防体制改革再次拉开帷幕，对于消防人来说，意义非同寻常。回望过去，新中国成立以来，我国消防体制一直处在变化发展中：1949 年 10 月至 1965 年 5 月实行民警编制；1965 年 5 月至 1969 年 3 月实行义务兵役制；1969 年 3 月至 1973 年 12 月由军队代管；1973 年 12 月至 1983 年 1 月恢复公安机关领导；1983 年 1 月至 1985 年 7 月纳入武警编制序列；1985 年 7 月至 2018 年 10 月为公安现役部队。

2018 年 3 月 21 日，中央印发《深化党和国家机构改革方案》，公安消防部队不再属于武警部队序列，全部退出现役；10 月 4 日，《综合性消防救援队伍消防救援衔条例（草案）》征求意见，提出建立消防救援衔级制；10 月 9 日，公安消防部队移交应急管理部，全体消防官兵集体退出现役，组建国家综合性消防救援队伍。

“人事有代谢，往来成古今”，继往开来，革故鼎新，只有懂得自我革命，国家才有发展，事业才有方向。“在国家发展的不同阶段，需要不断探索适合那个阶段的消防管理体制，才能最大限度地发挥消防的作用。”北京消防总队原总队长吴志强深有感触地说。

1978 年，十一届三中全会吹响了中国改革开放的号角，全国大学实行统一招考，原公安部消防局副局长、总工程师杜兰萍，正是那一年考上了清华大学，并在 1983 年毕业后，与消防结缘。她深情地回忆：“那是国家命运的转折，也是我们个人命运的转折。消防工作是一项社会公共安全事业，与社会发展密不可分，与经济建设密切相关。社会的发展，必将呈现出对消防工作的极大需求，经济越发达，必然给消防工作带来新的情况和问题，消防任务越繁重。消防工作的前进，离不开社会经济的发展，改革开放为消防事业的发展创造了机遇。”

四川省消防总队防火监督部部长陈硕从事消防工作已经 30 年。30 年来，她在切实感受祖国改革开放巨大成就的同时，也亲身经历和参与过消防事业改革发展的过程。她深切感受到，消防事业改革始终与国家的改革发展紧密相连，脚步从未停止。

陈硕记得，她第一次经历消防体制改革是在 1990 年，当时消防部队从武警部队转入公安现役，全国消防院系随之调整。“那时，我是武警技术学院的一名学员。记得当时一声令下，年轻懵懂的我们，虽然留恋、虽有不舍，但坚决服从、立即行动。很多战友流着眼泪打点行装，让我今天仍记忆犹新。一个个背包、一件件行李、一节节专列，仅仅三天，我们全部就位。‘听党话、跟党走！’我们的信念坚定。今天，消防部队再次面对改革，离开公安现役队伍，转隶应急管理部门，成为综合性救援国家队和主力军。虽然脱下戎装，但消防人‘听党话、跟党走’的执着信念不会变，‘有益人民、越改越好’的价值追求不会变！”

山西省晋城市消防支队防火监督处工程验收科副科长、助理工程师商昌吉依稀记得，10 年前，踏入红门的那一刻，新训队班长告诉他：“橄榄绿和橙色代表着人生走向了新的舞台。”今年，已转业地方的老领导告诉他：“小商，路总是越走越宽，这支队伍会越来越好，不论怎样，要记得初心。”

“《芳华》电影里的政委告诉大家，我们的使命结束了。我们大可不必拿这个半实半虚的电影桥段来强化自己的心理暗示，如果非要执拗地这样想，我想，就没有前方了。”商昌吉缓缓说道。当消防改制的消息传来时，他们整个队伍表现得出奇冷静，沉默的氛围中弥漫着对前景的不可预判，对意料之中却又突如其来的转身，也许是一种留恋，是一种无奈，更多地来讲，是一种砥砺，更是队伍的一种自觉，一种自律，一种骨子里对党和祖国的忠诚。

“不必高呼口号把自己提升到某种站位，也毋须写下血书昭示某个信念。我想，变革或者说转身，是人进步的驱动力，亦是一个光荣事业新的起点。我们不必太局限于个人价值的实现，亦或无需考虑转身后个人的得失。转身，这个词，本身就是褒义。昨天，消防事业给了我们发展的起点。今天，消防华丽转身，提供更为宽广的舞台。明天，转为消防员的我们，不应该更加兢兢业业为新红门增添更加耀眼的光彩吗？”

2015 年，刚刚大学毕业的黄呈党积极响应国家号召，投笔从戎，成为了全国 17 万消防员中的一份子，如今任湖南省衡阳市衡南消防中队副中队长。

“放眼新中国的改革历程，正是改革让国家变得越来越强大。”回望过去，黄呈党陷入深思。20 世纪 80 年代，中国人民解放军铁道兵部队集体转业，并入铁道部，40 万铁道兵虽然脱下了军装，却不丢军人的风骨！

“如今，消防部队正式集体转业，脱下军装，我们这些‘后来人’应该继承和发扬先辈们的优良传统，以更美好的姿态、更坚定的决心、更充足的干劲做好手中的工作，做到初心不变、队伍不散、工作不减。消防员，永远保持逆行的本色！”改革，是推陈出新，是壮士断腕，是为了明天更美好。站在改革开放 40 周年的历史节点上，注视着如今朝气蓬勃的国家，黄呈党的内心是激动的，他明白，未来一定会更美好。

消防事业发展前所未有

一路筚路蓝缕，一路披荆斩棘，一路高歌猛进。几十年来，在党中央的正确领导下，我国各级政府以强烈的责任感关注消防工作，各级消防机构忠实履行职责，极大地推动了我国消防事业发展，消防工作取得了巨大成就。

消防科技发展日新月异

2017 年 7 月 3 日晚，江苏南通市某化工材料有限公司消防安全管理人康建收到南通消防支队自动推送的预警信息："6 月 26 日至 7 月 2 日，你单位一周内发生一级预警 826 起，严重超出了以往报警数据，请立即排查原因。"康建立即根据预警提示，组织技术人员进行排查，果然发现生产区甲苯备料罐频繁出现高液位现象……原来，这是基于江苏省"智慧消防"大数据下的"化工单位事故风险预测模型"，当化工单位 DCS 点位数据超出阈值时，就会自动产生分级预警，按级提示单位消防安全管理人、微型消防站值班人员、单位应急分队以及消防救援力量现场进行处置。该预警模型自试运行以来，共推送预警指令 26300 余次，及时督促化工单位管控安全风险，有效防止了事故发生。

曾在原公安部消防局主抓"智慧消防"建设工作多年的杜兰萍表示，"智慧消防"的迅速发展得益于国家发展的需求，得益于各地进行的"智慧城市"建设的现实需要，为了适应这种发展需求，也为了长远的有序发展，加速推进现代科技与消防工作的深度融合，全面提高消防工作科技化、信息化和智能化水平，实现信息化条件下火灾防控和灭火救援工作转型升级，2017 年 10 月 10 日，部消防局《关于全面推进"智慧消防"建设的指导意见》出台，明确提出了五大原则，工作目标和重点任务，要求 70% 以上的火灾高危单位和设有自动消防设施的高层建筑接入系统。"'智慧消防'是充分运用大数据、云计算、物联网、人工智能等新兴技术手段，打造基于'一张图''大数据'的火灾预测、预警、预判、指挥平台。我们建设'智慧消防'的目的，是要提升社会防控火灾的水平，提升灭火救援指挥的科技化水平，是实现传统消防向现代消防转变的过程。”杜兰萍的话语中有期待，更有信心。

近年来，各地消防部门在部消防局搭建的信息化总体框架下，全面开展信息化建设与应用，形成了全面、全员、全程应用信息化的新格局，呈现出“百花齐放”的新态势。山东开发应用基于位置、人员、装备分析的大数据作战系统；辽宁利用三维立体建模制作数字化灭火预案，为指挥员科学决策、精准指挥提供了先机；江苏、湖北利用数字地图、预警技术建立火灾风险预测模型，划分红黄蓝风险区域开展精准防控，特别是针对“小火亡人”多发和“三合一”场所、群租房、彩钢板建筑等隐患治理的短板弱项，通过 WIFI 流量监控、数据分析等信息化手段测算定位、精准治理，提升了火灾防范效能；吉林松原打造的城市消防远程监控系统升级版，具备报警反馈、压力监测、自动巡检、分析研判功能，对单位消防工作实施动态监管；天津利用视频、红外热成像技术打造“火眼系统”，体现了火警发现早、扑救力量调度快。

科技，蕴藏巨大潜能。拥抱大数据，各级消防部门正敞开胸怀，用逢山开路、遇水搭桥的勇气和决心，全力推进消防信息化建设；迎接新时代，消防部门正主动作为，运用大数据为消防工作“破局突围”提供核心驱动力。

队伍和装备建设突飞猛进

新中国成立初期，消防队伍仅 1 万余人、1 千余辆消防车；现在，已发展为 17 万余人、4.1 万余辆消防车，消防队伍和装备建设随着国家经济社会发展不断壮大提升。尤其是近 10 年来，消防装备发生了翻天覆地的变化，培育了数以万计的专业救援队员，铸就了一支专业化程度非常高的救援队伍。

山东省泰安市消防支队原支队长许传升回忆，1991 年，他大学毕业后进入日照市消防支队防火处。“那时候条件真的差，防火处的 8 个人挤在两间办公室里。这两间办公室，之前是公安局家属院的门卫室。里面一间放了三张床，两个档案柜，一张桌子；外面一间放了四张办公桌，一个排椅。外间有个火炉，桌上有个带拨号盘的老式电话机。门口停着一辆三轮摩托车，这是全处的机动用车，手把、座子都秃了。”

1993 年 12 月 30 日，日照港煤炭码头起火。火很大，沿着送煤的皮带一直烧向海里面的栈桥。支队当时没几辆车，都是老解放、老东风，载水量小，也没有炮车。许传升和战友们冒着严寒、走在烧掉了木板的栈桥一边，用水枪扫射。火灭了，每个人脸上都被熏黑了。这场火也引起了市领导的重视。转过

年来，分管市长拍板，全市集资 400 多万元，买了一台英国进口的曲臂登高车。

2013 年，他调任泰安消防支队当支队长。“泰安，并不是一个经济发达的城市，在山东顶多算个中等水平。但是党委、政府格外重视消防，三年多的时间里，投资一个多亿，购买了 70 多辆消防车，包括从美国进口的豪士科消防车、远程供水消防车等。又投资一个多亿，征地 200 多亩建设训练基地。”

2002 年 12 月参军入伍的汪渝，现任新疆维吾尔自治区阿克苏地区消防支队特勤中队普通战斗班班长，“那时候，全地区 8 县 1 市只有 6 个基层大队、3 个中队，全支队官兵总人数不到 120 人，到现在全地区共有 10 个现役消防大队、13 个基层消防中队，全地区拥有 88 辆各种类型先进的消防车、近 400 名官兵。16 年弹指一瞬间，我见证了阿克苏地区消防事业发生了巨大的变化”。

汪渝告诉记者：“2009 年 11 月 9 日，由阿克苏地委、行署斥资 280 余万元为支队购置的首辆 32 米登高平台消防车交付特勤中队投入使用；再到 2011 年 1 月，地区财政顺利通过 1700 万元专项经费为支队购置车辆器材装备；其中 54 米登高平台消防车、泡沫消防车等世界一流的消防车应有尽有——这些攻坚‘利器’在灭火救援中大显身手。”

对全国消防救援力量来说，有一组跨越十年的数据对比，可以看出这支专业力量已今非昔比。2008 年底，全国消防部队共有执勤队（站）3774 个。其中，特勤消防站 340 个，地震救援队 26 个，全国消防车辆总数共计 20426 辆。其中，灭火消防车 13295 辆、举高消防车 2022 辆、专勤消防车 606 辆、战勤保障消防车 1288 辆、抢险救援消防车 1849 辆。2018 年初，全国消防部队共

有执勤队（站）5413个。其中，特勤消防站471个，全国共建有地震救援队545个。全国消防车辆总数达到41564辆。其中，灭火消防车21957辆、举高消防车6192辆、专勤消防车7845辆、战勤保障消防车4714辆、抢险救援消防车4940辆。

全国各地消防救援队伍视灾情为命令，在当地党委、政府的统一领导下，在灾害发生后第一时间展开救援行动，成为应急救援的“急先锋”。

消防安全责任体系不断完善

1998年，陈硕当时正在云南省曲靖市麒麟区消防大队任防火参谋。那一年，《中华人民共和国消防法》（以下简称《消防法》）颁布施行。也正是那一年，全市最大的百货大楼即将“强势”开业，但却不具备开业的消防安全条件。尽管在建设过程中，大队多次指出单位存在的诸多火灾隐患，但作为市重点工程，他们毫不在乎。“我们要举行盛大的开业典礼，市领导将出席，你们看着办！”老板不屑一顾。

怎么办？大队召开专题会议，认真研究学习新颁布的《消防法》，随后启动相应的法律程序，依法对该百货大楼实施了停产停业的处罚。“有法可依、有法必依、执法必严、违法必究”，当封条贴上大门的那一刻，陈硕看到了老板目光里的敬畏，感受到了法律的力量。

新中国成立以来，社会经济建设快速发展，尤其是在改革开放之后，消防事业发生了巨大变化。从计划经济到市场经济，从温饱社会到全面建成小康社

会，从《消防条例》到《消防法》，从《消防法》再到 2008 年新修订的《消防法》实施，深刻反映了消防发展的进程和客观规律。

“《消防法》的修订和颁布实施，对加强我国消防法治建设，推进消防事业科学发展，维护公共安全，促进社会和谐，具有十分重要的意义。”原公安部消防局法规处副处长王瑛全程参与了修订工作，对其中的理解更比其他人深刻。她介绍，相比较于 1998 年，新《消防法》有多个方面的变化，提出了新的消防工作原则，进一步明确了消防安全责任，改革了消防监督管理制度；加强了农村消防工作；完善了社会消防技术服务机制；完善了政府应急救援力量建设；加大了对危害公共消防安全行为的查处力度，加强了对消防执法工作的监督。

而今，多年的执法实践让陈硕认识到，消防工作法制化进程始终与国家法制改革的进程同步，随着改革的不断深化，消防执法规范化建设也将不断向前迈进。2017 年 10 月 29 日，国务院办公厅向社会公开发布《消防安全责任制实施办法》（以下简称《办法》），进一步明确了消防安全责任，完善了消防安全责任体系。时任原公安部消防局局长于建华对《办法》进行了解读。于建华表示，《办法》在责任追究方面作出新规定，发生造成人员死亡或产生社会影响的火灾事故，要求以政府牵头组织调查组进行调查处理，根据事故情况、具体情节来追究相关人员责任。这是过去没有的。过去死亡 10 人以下，通常

是公安部门牵头组织调查。这次《办法》提出，只要发生亡人火灾或者有社会影响的火灾，3 人以上的，由市级人民政府牵头组织进行调查；1 人以上 3 人以下，由县区级人民政府牵头调查。根据调查结果，作出相应处理。

“曾经大部分人都认为，消防安全就是你们消防部门一家的事，与我们有什么关系？但《办法》的出台，将消防安全责任抽丝剥茧、层层落实、具体到人，让社会各界主管部门、主管领导必须履行消防安全责任。”国家一级注册消防工程师、律师李福秋对此深有感触。他指出，相较于《消防法》，《办法》对各级政府及工作部门的职责规定明确具体，一定程度解决了我国立法中的行政机关权力义务不对等问题。《办法》总共 6 章 36 条，其中有一半以上是对各级政府及工作部门的消防工作职责进行规定，可以说是对《消防法》中的政府、部门职责的细化和补充，进一步完善了行政机关的消防工作的法定职责，更适应当前的消防发展形势。

多种形式消防队伍蓬勃发展

沈亮是山东菏泽支队的一名专职消防员。2011 年，他退伍后，怀着难以割舍的军人情结报名参加了专职消防员的选拔，最后，他以优秀的成绩进入消防专职队伍中来。一向爱写点东西的他，不断地向当地报纸、电视台写稿展现消防生活，久而久之，他成了支队宣教中心的一名成员。现在他很知足，工资 4000 多元，还有社会保险和公积金，他想一直把这个工作做下去。支队政委尤胜告诉记者，山东是最早实行专职消防员的省份之一，而菏泽的工作走在了前列。2012 年 8 月，菏泽市政府印发《专职消防队伍管理办法》，有力推动了全市专职消防队伍的建设和发展。目前，菏泽市共有政府专职消防员 556 人，其中专职队员 375 人，消防文员 181 人，为全市灭火救援、辅助执法和消防宣传作出了重要贡献。

应急管理部消防救援局社会指导处副处长司戈表示，几十年来，国家相关部门为尽快弥补消防救援力量不足、填补乡镇农村专业消防力量空白，密集出台《关于深化多种形式消防队伍建设发展的指导意见》《关于积极促进志愿消防队伍发展的指导意见》《关于规范和加强多种形式消防队伍消防车辆管理的通知》，并多次召开全国视频会、现场会，确定了政府专职消防队伍“单位事业编制、人员合同用工、经费财政保障、管理消防为主”的可持续发展之路，推动多种形式消防队伍扩大队伍规模、规范管理执勤、提高能力水平。在宏观政策的指导和激励下，各地积极探索、勇于实践，以城市政府专职消防队、乡镇政府专职消防队、社区农村志愿消防队“三驾马车”牵引的多种形式消防队伍快速发展，目前全国政府专职消防队员和消防文员达到 21 万人，已经成为我国消防力量的重要组成部分，为提高公共消防服务水平，发挥了不可替代的作用。

除了政府专职消防队伍外，企业专职消防队伍也快速发展。司戈介绍，近年来，企业专职消防队伍在企业建设发展的基础理论研究、顶层制度设计方面，取得了多项重大突破。特别是以企业社会责任理论为指导，召开专家学者、国内外企业、政府部门参加的专题研讨会，全面厘清了企业消防安全主体责任与政府公共消防服务责任的边界和关系，扭转了“专职消防队是企业办社会，应当剥离”的认识误区，将“企业按照消防法规要求建设的消防安全机构和专职消防队予以保留”写入国务院《加快剥离国有企业办社会职能和解决历史遗留问题工作方案》，为新时期企业专职消防队伍的发展提供了政策保障。

在中央部署全面深化国企改革、国务院深入推进“放管服”改革的历史背景下，企业专职消防队伍已经迎来发展的春天。截至目前，全国企业专职消防队伍共有 77 个支队、271 个大队、2732 个中队，专职消防队员 7.1 万人、消防车 9381 辆，人员数量比 2011 年增长 25%，综合保障进一步落实，车辆装备的质量、结构不断优化，主战车、高喷车、专勤车比例明显增加，灭火救援战斗力不断提升，呈现出可喜的发展态势。

人民消防爱人民

黄岛油库爆炸，98 抗洪，汶川抗震，天津港爆炸，寿光排涝……每一次危难时刻，都闪耀着橙色希望。护航改革开放不是一句空话，消防人用无畏和生命书写着对党和人民的无限忠诚，用平凡与奉献书写着青春无悔的壮丽诗篇。

可爱的消防“哥”

2016 年，湖北大地遭遇大暴雨，消防救援队伍紧急出动，上演了一幕幕感人的故事，涌现出一个个可爱的消防“哥”。5 月 9 日，随州市区一路段的地下排水沟施工工地，因暴雨突然塌陷，正在现场施工的 3 名工人被埋，生命危在旦夕。消防战士蔡伟纵身跳进坑道，徒手刨开埋压被困人员旁的泥土，手掌磨破，指甲撕裂，双手鲜血直流，最终救出 3 名被困人员，被大家称为“刨土哥”。

6 月 28 日，咸宁市通山县遭受持续强降雨袭击，竹林路小区一孕妇被困，消防兵陈星颖主动下水，将一名体重达一百五十多斤的孕妇小心翼翼抱起来，一步一步趟着浑浊的洪水将孕妇送到冲锋舟上，接着又从洪水中抱送多名老弱妇孺，被群众亲切称为“铁臂哥”。

7 月 1 日，孝感市大悟县新寨村被凶猛的洪水淹没，大悟消防中队消防官兵用绳索在居民楼中间架起一条空中通道。救援行动中，刘晓鹏共营救出 6 名群众，而他单手托举幼童的照片在网上走红，被称为“飞渡哥”。一根细细的绳索，一副健壮的臂膀，这便是他救援百姓的全部“武器”，亦是他避免自己被洪水吞没的最后“防具”，他并非鲁莽，只是救人的迫切心情远超对死亡的畏惧。

7 月 5 日，汉川市城隍镇富家苑一小区内的十余栋房屋被淹没，消防员刘俊林抱着婴儿趟水前行。由于积水已经淹没楼道，皮筏艇难以靠近，为了防止正在坐月子的杨思琴沾上水，刘俊林将怀里的婴儿递给了战友，赶紧和毛哲拱起大腿，在皮筏艇和楼道之间的积水中搭起了桥梁，让杨思琴踩着大腿登上皮筏艇，在浅水区，皮筏艇无法靠岸，随即，刘俊林抱着婴儿趟水前行，送到了岸边。当杨思琴接过宝宝那一刻，暖暖的一幕，感动了现场群众，人们纷纷称赞他为“暖心哥”。

令人感动的“背桥”

回想起今年 7 月 22 日晚的那场救援，甘肃兰州新区消防支队特勤中队的中队长刘学法仍记忆犹新：“当时兰州新区突降暴雨，致使辖区的中川镇平岘村道路、农田全被冲毁，我带领 14 名队员最先到达现场，那里一片泥泞，村子里的电力、通信全部中断，有 42 户 135 名村民被困家中，其中多数是孩子和老人。”来不及犹豫，他立即与村社干部联系，并组织 6 个小组排查险情，摸黑徒步行进 7 公里与队员们争分夺秒搜救……

天公不作美。在 7 月 23 日早晨 6 时的搜救中，下起了中雨，把本就冲毁的道路变成了一条条深水渠。在救援过程中，有一位患心脏病且腿脚不便的老人被水渠拦住了去路，刘学法没有犹豫，跳入深水渠中，俯背作为“人桥”，向被困群众喊道：“从我背上过！”救援视频发布后，引起了各大新闻媒体的关注，网友们也纷纷留言——“为消防员点赞”“让人感动的背桥”“向消防员致敬”。刘学法这样回答：“我当时只是想尽快把老人送到安全地带，没想那么多，凭借本能就那样做了，换了别的队友也会这样做。”那些在我们看来最感人的举动，对经常灭火救援的消防员来说，早已成了本能。

高黎贡山战雪魔

怒江，云南省唯一沿边涉藏州市，是中国进入缅甸、印度的最佳捷径。因地形地貌形成怒江、澜沧江、独龙江三大峡谷，素称“东方大峡谷”。原云南消防总队大理支队的王桂平在此工作多年。

2011 年初春，对于驻地海拔只有 800 米的泸水消防大队官兵而言，这一年的冬天特别冷。“不好！哦嘎边境线大雪封山，有群众被困，人员不详，有缅甸籍人员。”哦嘎是高黎贡山下偏僻的山村，那里海拔落差接近 3000 米，自然环境恶劣。王桂平和战友们沿着唯一通往北方的一条省道，历时 3 个小时到达临时指挥部。

联合救援小分队在向导的指引下，踏着积雪继续前行。上山的道路越来越险，雪慢慢盖过脚面，几近膝盖；脚下阵阵打滑，一不留神就要往下溜，身下是狭长陡峭的山谷。每往上行走一段路程，气温就降低一些，风夹杂着雪粒打在脸上一阵阵刺痛，队员们的脸色渐渐变得“白里透红”。天色逐渐暗淡，队员们体力也渐渐达到了极限，却始终没有得到一点点回应，失望的表情凸显在年轻的脸上。“救援小组请撤回，救援小组请撤回。”无奈，队员们只能原路返回指挥部。

在寒风刺骨和冰雪纷飞中度过了一个寒冷的夜晚，第二天一大早，救援人员分为 6 个小组，“沿不同伐木小道分头搜救。”指挥部再次下达了命令。1 个小时，2 个小时……5 个小时，“教导员，教导员，前方有回应，前方有回应！”“快，快向声音方向前进，保持呼叫。”终于，救援人员看见了人影，“救下衣、救下衣（注：傈僳族语言，意为获救了）”前方微弱而又高兴的声音渐渐清晰，1 人，2 人……13 人，一个都不少！“把红糖、白酒、生姜和食物赶紧拿来，让他们服下，通知后续救援组准备好衣物、药品。”这场跨时 3 天的雪地营救，终以成功告终，这也成为王桂平最为难忘的经历。

红门“记者”的逐梦青春

在消防队伍中，有这么一群人，他们不是救援员，但只要辖区内突发警情，他们总是第一时间奔赴前线。为了不遗漏现场的每一个关键镜头，他们总以“肩扛摄像机，手拿照相机”的“招牌”姿势在一线穿梭，归队后加班加点编稿发稿已是常态。

2018 年，是湖北省消防总队利川大队宣传报道员张振入伍的第 11 个年头。营区的草木不言，却是他褪尽青涩、由新兵跃至上士的忠实见证。11 年间，张振在各类灭火救援、抢险救灾和执法监督场景中“切换”，立志成为通过镜头和文字引导社会各界关注消防安全及部队建设的红门“记者”。

2007 年 12 月，只有初中学历的张振离家入伍。在新兵连里，他对那些高学历战友满怀羡慕，对宣传工作也表现出了极大热情。张振自知，当好一名“记者”仅靠满腔热情和些许悟性远远不够。“半路出家”的他又开始在网上报名参加各类摄影、摄像和新闻写作专业培训，购买了《新闻写作技巧》《关于写作》及《新闻摄影教程》等众多专业书籍，从而进行理论知识补充。理论之外，他还潜心收集消防队员的灭火救援、抢险救灾和监督执法等各类新闻素材，将他们的事迹和形象述之笔端，形成一份份生动鲜活的宣传报道材料。

荣誉不是终点，奉献没有止境。在“记者”这条路上，张振愈走愈坚实。“是部队这所大学校培养了我，是宣传报道这一岗位锻炼了我，是那些生命中的挚交或‘过客’鼓舞了我，让我在镜头和笔端里收获成长，在消防路上逐梦圆梦。”这群幕后英雄有时还要有牺牲，邹宁浩是浙江消防总队义乌支队的一名报道员，在一次出警中，为了更好地拍摄救援镜头，他深入火场内部，壮烈牺牲，从现场找到他时，他的手中依然握着相机，而相机已被烧的面目全非。如果说宣传工作永远在幕后，那么他们这群人甘于幕后。他们知道，在救援中出生入死的战友们理应被社会知晓，而宣传，恰是最好的方式。

在消防队伍中，他们只是几个普通的队员。回望几十年来，从灭火救援到防火监督，从抗洪救灾到安保维稳，消防人员在安保一线、救灾现场度过了难忘的一年又一年，太多惊心动魄、荡气回肠的瞬间值得大家回味，让我们记住那些无数个令人感动的面孔……

有一种英雄叫消防英烈

消防兵，是和平年代离牺牲最近的一个兵种，消防部队组建以来，已经有近千名官兵在灭火救援、抢险救灾中牺牲。仅过去十年，全国就有 300 多名消防战士牺牲在救援一线，平均每月近 3 名。一代代消防人，用生命上演最美逆行，诠释军人本色。几十年来，中国消防指战员以冲锋的姿态，挺身挡在危难之前。他们在激情燃烧的岁月，用牺牲和奉献赋予了“消防”磅礴浩然的英雄注解，高奏起炽烈雄浑的英雄壮歌！国泰民安、万家灯火有他们的一份功绩，纪念改革开放的同时，让我们再一次缅怀他们的英勇与无畏，铭记他们的名字和身影。

一门双烈

1974 年 12 月 20 日，黑龙江省哈尔滨市第五制粉厂发生火灾，在扑救过程中发生粉尘爆炸，消防员马玉清壮烈牺牲，年仅 28 岁。那一年，他的儿子马忠学才 5 岁。1987 年 12 月马忠学入伍，1991 年 7 月任哈尔滨市消防支队顾乡中队代副中队长，1993 年 3 月 29 日，哈尔滨市一汽车修配厂发生火灾，马忠学在扑救过程中壮烈牺牲，年仅 23 岁。一家两代消防员，都为消防献终生，为有牺牲多壮志，英雄气概贯长虹。

遗体仍然抱着水枪战斗姿态

1989 年 8 月 12 日 9 时 55 分，山东黄岛油库 5 号地下油罐因雷击爆炸起火，14 时 35 分，有迹象表明，5 号地下油罐要发生大规模的喷溅，4 号油罐也随时有爆炸的可能。此时，火场总指挥下达了撤离的命令，撤离的命令发出不久，

4 号油罐发生猛烈爆炸！

听到撤离命令后，青岛市公安消防一中队代理副中队长阎正连沉着冷静地指挥着消防员们先撤，当他就要撤离到安全区域时，突然发现 4 号油罐上面，有两名年轻消防员没有听到撤离命令，仍抱着水枪同烈火搏斗，阎正连义无反顾地冲回 4 号罐，就在他打掉他们手中水枪准备撤离时，油罐爆炸了，阎正连和那两位战友一起壮烈牺牲。

在即将爆炸的时候，王兴田一把将两名战友拖了出来，两名战友脱险了，王兴田却牺牲了。火灾扑救时，赵守湖冲锋在前，当人们发现他的遗体时，他依然是抱着水枪战斗的姿势！火灾发生时，卢山的父亲和妹妹刚来探亲，领导要他留下，可他坚决要求参加战斗，未来得及与亲人告别就奔赴火场，没想到这一去竟成永别……

在此次救援中，共有 19 名消防员牺牲，黄岛油库灭火烈士名垂千古。

他们保住了半个西安

1998 年 3 月 5 日下午 4 时 50 分，陕西省西安市煤气公司液化石油气管理所，11 号球罐根部发生泄漏，当时火海里的液化气储存区，各种大小球罐、卧罐有十多个，总储液化气上千吨，一旦爆炸，西安西郊就会在瞬间被夷为平地……

情况万分紧急！时任西安市消防支队副政治委员的贺军胜，不是值班员，但接到火情后，他立刻换上指挥服赶赴现场，现场指挥员煤气中毒晕倒在地，现场随时都有爆炸危险，众人多次请求他撤出，他始终坚持在堵漏现场组织指

挥，不顾一切地分流、加固、捆绑，阻止液化气的进一步蔓延。

时任西安市消防支队九中队司务长的别渭涛，顶着有毒气体的侵袭，在随时都会爆炸的情况下，拿起绳子、棉被在液化气罐根部堵漏。冯骥不顾个人安危，带头拿起被水打湿的被子，顺着水枪打开通道冲向泄漏部位，喷出的液化气在他的身上迅速结成冰块，他全然不顾…… 正当堵漏紧张进行的时候，泄漏的液化气发生闪爆，战斗在最前线的贺军胜、别渭涛、李海宁、冯骥、杨小宏、马军武、刘军元，7 名消防官兵不幸壮烈牺牲。

412 名群众安全撤离，他们再没回来

2003 年 11 月 3 日凌晨，湖南省衡阳市一九层高大厦发生火灾，消防人员在控制火势的同时，全力疏散抢救被火势围困的群众。群众撤离之后，消防员们继续灭火，然而 8 时 30 分左右，大楼突然倒塌……

此时，31 名消队员来不及撤离，被埋压在废墟中，火场一片呛人的灰雾，久久难以散去，最终，20 名消防官兵英勇牺牲。而大楼中 94 户居民 412 名群众，全部安全撤离，无一伤亡。他们用牺牲换来群众的安全，他们的身影却永远活在了群众的心中。

牺牲最大的一场战斗

2015 年 8 月 12 日 22 时 50 分，天津滨海一危化品堆垛发生火灾，灾难从

天而降，滔天烈焰中，上演着一场惊天动地的绝地大营救，这是最复杂、最危险的一次战斗，灭火过程中爆炸不断发生，赶赴现场的消防官兵，用血肉之躯完成了火情侦察的任务，有效疏散了周边群众。

在这场史无前例的救援行动中， 24 名现役消防员、75 名专职消防队员及 11 名民警壮烈牺牲。天津消防总队开发区支队副支队长王吉良，是此次牺牲指挥员中职务最高的，这是一位长在贫寒农家的子弟，44 岁的人生，有 25 年是在消防队伍中历练。血与火的洗礼中，火灾、爆炸、坍塌、泄漏……5000 次救援，多少次生与死的考验，一线消防员的履历，浓缩成四个大字“向我看齐！”原公安部消防局宣传处副处长郭水华回忆当初，依然感慨万千，“那是我消防生涯中最刻骨铭心的一段时间。”在现场的几天里，他看着烈士父母憔悴的眼神，看着在医院陷入昏迷的消防官兵，每天都被一种异样的感情包围着。他想写出来，那天他看到年轻的消防战士周倜，满身缠着绷带，陷入昏迷中，他忍不住流下眼泪，当天怀着满腔激情写下长诗《兄弟，我在窗外望着你》，表达了一名老消防人对年轻消防员的无限尊敬之意。一张张空荡荡的行军床，再也看不到他们青春活力的身躯，而他们再也听不到亲人的呼唤。

40 年砥砺奋进，40 年春风化雨，消防发展已成为我国改革开放成就的一个缩影。新时代新征程，消防队伍作为我国应急救援国家队和主力军，将肩负起新的职责使命，在新的起点上勇攀新高峰。

【中国减灾杂志】

洪水过后，重燃绿色希望

——山东省寿光市洪涝灾区走访见闻

■ 本刊记者：刘朋 徐璨

今年汛期寿光遭受了特大洪涝灾害，洪水过后，当地是如何进行抗洪的？又是怎样开展生产自救的？现在的情况如何？带着这些问题，本刊记者一行来到了山东省寿光市，走访了救灾物资储备点，走进了受灾的村子，钻进了被淹的大棚，与当地干部、村民交谈，寻找答案。

今年汛期，受第10号台风“安比”、第14号台风“摩羯”、第18号台风“温比亚”相继影响，山东省大部分地区发生超强降雨过程，部分地区降雨达历史极值，多地发生严重洪涝灾害。特别是潍坊寿光市遭遇了1959年有记录以来

最大降雨，洪水漫堤决口，导致群众被迫转移、村庄农田被淹、蔬菜大棚坍塌、养殖场被冲毁……面对这场历史罕见洪涝灾害，当地各级党委、政府全力组织抗灾救灾工作，群众积极开展生产自救，多地消防官兵千里驰援重灾区，在各方协作下，灾后重建工作有力有序推进。在潍坊寿光洪涝过后的一个月，本刊记者一行来到了这里。从市区到村庄，道路两旁的树木上、房屋的墙面上、大棚上……随处可见悬挂着“灾后重建莫等闲，撸起袖子加油干”“行动起来，自强自救，重建家园，恢复生产”“我是党员我带头，灾后重建当先锋”“天灾来了咱不怕，双手再建幸福家”等横幅。不等不靠、积极投身灾后生产自救，这也是对潍坊寿光干部群众抗灾救灾最生动的写照。

分秒必争保障物资

自寿光遭受暴雨洪涝灾害以来，这次抗洪抢险救灾工作引发了全国人民的关注，各类物资陆续抵达灾区。为了妥善安置调配各地爱心人士寄来的救灾物资，寿光市民政局设立了 4 个爱心救灾物资捐赠点，其中之一就是位于田柳镇老粮食所的大宗物资接收点，寿光市民政局干部刘效生是该联系点的主要负责人。

从 8 月 19 日开始，全国各地写着收件人刘效生的救灾物资纷纷涌入田柳镇物资捐赠点。在物资点内，刘效生奔前跑后地在各个仓库指挥、调配，紧张忙碌却又有条不紊。因为他管的事情比较多、比较杂。大家都亲切地喊他“大管家老刘”。

他从来到物资接收点后，连续十几天没回过家，因为救灾物资随时到随时卸货。这期间，老刘睡的时间屈指可数，累了就在值班室内休息一下，清点盘算到深夜两三点钟都是常事，有时忙碌一天连一口水都来不及喝，有时这边刚放下物资坐在路沿上歇息一下，那边运送物资的车辆又过来了。

更快地接收物资，受灾群众才能更早地拿到物资。受灾乡镇提出物资需求后，物资储备点会立即调拨，没有的物资也会想尽办法帮助解决，在刘效生的组织下。总能第一时间把物资运到最需要的地方。“8 月 19 日晚上 11 点多接到调运物资通知，12 点第一批物资就到了营里镇，我到救灾现场之前，包括水、食物、铁锹、棉被、帐篷等在内的物资已经抵达，物资发放特别及时。”刘效生说，“在我们这个仓库，吃的面包一个都没坏掉，连水果都没烂一个，运送速度很快，是我最自豪的事情。”

在各个仓库每天来回要走几万步，连日的奔波让老刘的脚磨损很厉害。可他却不管不顾，仍然跟着装卸工们一起搬上搬下，高强度的搬运工作和连日不歇不眠让他有些吃不消，结果，脚崴了，也累倒了，但老刘去卫生所打上石膏又跑了回来。

保障安置点受灾群众和救援人员有水喝、有饭吃，也是物资储备点的重要任务。“营里镇安置了好几千人，我们发动学校老师为他们做饭，群众吃饭一点问题没有。8 月 26 日凌晨 4 点，我接到通知，要求保障一万一千多名救援人员的早饭，7 点半的时候，就已经组织准备好了用餐。我不能保证他们吃好，但一定能让他们吃饱。”

刘效生只是寿光民政干部投身抗洪救灾的一个缩影。面对严重灾情，寿光市民政局全体党员干部冲锋在救灾一线，有的冒险涉水乘拖拉机进村查灾，有的延迟退休加入救灾队伍，有的发着高烧坚持工作……

不等不靠，积极自救

纪台镇宋家庄子村共有 617 个大棚，受这次洪涝影响，606 个大棚进水。排水成了当时村里最主要任务，村支书张安明带领村民，不等不靠，积极开展自救，在最短的时间内，抽干了积水，栽种上了首茬菜苗，如今绿油油的菜苗让村民重燃对美好生活的希望。

面对大洪水，宋家庄子村第一时间投入到大棚排涝战斗中。张安明立即召集村干、党员开会商讨解决办法，派人购买水泵、水带。“一开始经验不足，想着一下子把水排出去，由于地势落差，结果水带老是爆裂，水排不出去。后来，通过‘三级提水’的方式，才把水排到弥河里了。”张安明说。

“‘三级提水’就是在往弥河排水的途中建了两个蓄水池，通过接力方式排水。在村里的一个废旧大棚、砂石料厂用挖掘机挖了两个大蓄水池，村里购买的 5 台水泵、镇政府提供了 3 台大功率水泵同时工作。村委通过大喇叭通知村民把自家大棚里的水排到蓄水池，引导群众生产自救。”张安明解释。

从 8 月 20 日晚上一直持续到 29 日，宋家庄子村才将大棚积水排完。虽然 600 多个大棚进水，但由于抽水及时，有 200 多个大棚没受损失。截至采访时，除了 53 个全部坍塌的、20 多个没有修复加固的大棚之外，其余大棚全部种上了蔬菜苗。洪水虽然过去了一个多月，但至今张安明腿上穿雨靴的印记还十分明显，这是他日夜奔波在排水一线造成的。

宋家庄子村在抽水的过程中也遇到了困难，一方面洪水带来很多杂物，抽一段时间就需要清理水泵；另一方面当村委会决定“以路为渠”时，道路两侧的老百姓不理解，怕把自家大棚淹了。后来，村委会安排专人 24 小时轮流值班看管水泵，并通过做思想工作，路边的大棚户陆续在自家大棚前堆积沙袋，两侧堆积的沙袋和路面才形成了泄洪通道，保障了积水顺利排出。走进纪台镇宋家庄子村村民张振玉家受灾的大棚，整齐的田垄上半尺多高的茄苗傲然挺立，她正在大棚里干活，满脸都是汗珠。“她很能干，很勤快，这是她家 9 月 4 日新种的茄苗，你看长势多好。”村支书说。张振玉家里种了三个大棚，洪水把第一次种的茄苗全部淹死，如果不淹的话，现在都该卖了。如今，她家的三个大棚又都种上了新茄苗，她高兴地告诉我们，一个半月后就又能收茄子了。

“当天晚上，雨下得特别大，我来到大棚一看都傻眼了，棚子里全都是水，长这么大第一次见到这种场面。当时腿都软了，想着大棚塌了就完了，家里老的老，小的小，都指望着这三个大棚的收入。”张振玉回忆，“第二天早上天还没亮，我们就去买水泵，附近买不到，就跑到潍坊买。我老公五六天没回家，白天晚上都在大棚里抽水。我们把水抽到道路上，村里给抽到河里。面对这么大的洪涝，虽然茄苗、肥料都损失了，但万幸大棚没塌。”

现在，大棚的塑料膜还没完全封闭，但在里面站了十来分钟，我们已经满头大汗。“不管刮风下雨都得来大棚，给茄苗培土，然后再盖上地膜，再用绳子把它吊起来，还得打药、掐花、浇水，哪一天不进来都不行，栽上之后就闲不下来，能看到希望，苦点、累点都不算什么。”张振玉满脸笑容地说。

贴息贷款助重建

走进弥河附近的上口镇广陵一村，村里的淤泥早已被清理干净，三三两两的村民在道路上晾晒刚收获的玉米。在村委会的一间办公室内，人头攒动，原来是农业银行的工作人员现场为受灾群众办理银行贴息贷款。“前期，寿光市金融办和相关银行已经到受灾乡镇做了贴息贷款政策宣传，让更多的老百姓了解了这项惠民政策，村里也通过大喇叭动员群众前来办理。”寿光市委派驻广陵一村第一书记张智涵说。

据了解，山东省、潍坊市出台了灾后重建信贷扶持政策，对灾毁房屋、蔬菜大棚、种植养殖等农牧渔业生产设施修复重建，鼓励金融机构放开信贷规模限制，按不高于基准利率进行放贷。各级财政给予 80% 的贴息，贴息期限为三年，个人负担 20%。个人负担部分在还本付息后给予返还奖励。山东省农业发展信贷担保有限公司给予贷款担保，担保费用全部由各级财政负担，不再增加农民负担。蔬菜大棚户贷款最高额度 20 万元，规模养殖户贷款最高额度 200 万元。这也为受灾群众灾后重建提供了资金保障。“村民有个大棚，每年能收入十来万元，日子过得很好，洪水一来，多年的积蓄，一下子被冲没了。其实老百姓的要求很简单，就是希望贷款能批下来，不怕还不起钱，就怕没钱建大棚。”张智涵说。

我们采访了在村委会刚办理完贷款手续的广陵一村村民陈守杰，他说：“银行工作人员到村里集中办理，方便快捷，也是对灾后重建的支持，给我们增添了重建的信心。”陈守杰是村里严重受灾户，地里 100 多米长的大棚被洪水泡塌了，他家房子也成了危房。“我之前在建筑工地干活，后来村里发展农业园区，就开始搞大棚种植，家里的收入全部靠大棚，万万没想到大棚就这样坍塌了。”陈守杰说。

据村干部介绍，陈守杰家的大棚是他亲手建造的，自己背土、自己焊接，倾注了很多心血，大棚建成后，陈守杰瘦了三十多斤。大棚的坍塌也给陈守杰的心理造成了巨大影响，“他情绪一度很低落，经常唉声叹气。志愿者来我们村为村民提供心理咨询服务，结果他把人家给谈哭了，虽然聊天的时候，看着跟没事一样，但心里还是很难过。等贷款批下来，村里开展土地流转，重新建大棚，忙活起来，他就会从低落中走出来了。”张智涵说。

在各级党委、政府的帮助下，在村委会的支持下，群众看到了希望，也更有信心开展恢复重建。“政府救灾很到位，都很关心我们，我们相当满意，还给受灾户发放了联系卡，有困难可以随时联系他们。现在看到希望了，心里舒服多了。”陈守杰说。

当地干部用辛苦指数换来百姓幸福指数。“市里及时出台政策，镇上安抚到位，村里沟通顺畅，所以受灾群众情绪也都比较稳定。只要真心真意地帮助老百姓解决困难，不推脱，群众绝对不会找任何麻烦。我们正抓紧时间与银行对接，争取早日为受灾群众办下贷款，这是对受灾群众最好的安抚。”张智涵说。

断路挖沟，舍小家为大家

广陵一村提前组织群众撤离，保障了村民的生命安全。“洪水来的前一天，镇上开了动员会，部署了防洪工作，村里成立了应急小分队，挨家挨户通知村民撤离，并用车辆把老人送到安置点。当时很多年轻人都不相信会发生洪涝，不愿意转移，村干部苦口婆心地劝说才去了安置点，由于撤离及时村里没有发生人员伤亡的事件。”上口镇广陵一村党支部书记董文杰说。

据董文杰介绍，洪水过后村里全部是淤泥，村委每天组织上百人参与清淤，镇上的干部、志愿者全都参与，清理了不止一遍，持续了十几天才清理完，现在已经看不出洪水的一点痕迹了。

广陵一村群众住房受洪涝影响不大，但蔬菜大棚、养殖厂房损失严重。“全村 36 个高温大棚全部倒塌，集中养殖区的猪、鸡等都被洪水冲走了，老百姓把钱都投入到大棚、养殖厂房建设和购买设备上，这次全村大约损失了 2300 多万元。”董文杰说。村支书董文杰家的损失更是惨重。8 月 20 日上午，大水马上要漫到村子，由于村子旁边的道路路基较高，挡住了洪水去路，导致村子里的水上涨非常快。面对紧急情况，董文杰毫不犹豫地提出挖断路面，把洪水引出去，调来的挖掘机把路面挖开后，村子里的洪水消退了。而正对着被挖开的路面正是董文杰家的养鸡场，厂房被洪水冲垮，15 万只鸡全都死了。“除了那 15 万只鸡，养鸡场的厂房机械设备、发电机也需要维修、更换，损失大约 320 多万元。当时没有想那么多，就想着先保住村子。”董文杰说。9 月 24 日，山东省 11 位先进模范人物在曲阜主会场参加中央广播电视总台中秋晚会，董文杰就是其中之一，这是对他在抗洪救灾中所作努力最大的认可和表扬。

现在，广陵一村已经重新划出大棚、养殖园区，等秋收过后，将开展土地流转，统一建设大棚、养殖厂房。“基本上每天晚上都有受灾户来村委会，大家所谈论的，不是受灾多严重，而是讨论下一步怎么恢复重建。老百姓对我们的工作很满意，情绪也比较稳定，对我们比较信任，有什么事情都会说出来，

和一家人一样。村两委打算成立合作社，提高种植、养殖技术，提升农产品质量，实现农超对接，增加农民收入。”张智涵说。

汲取群众智慧，多种方式修复大棚

洛城街道黄家村有 475 个大棚，受这次洪涝影响，307 个受灾，目前已经有 200 多个受灾大棚维修好并栽种了茄子苗、黄瓜苗等作物。“上级政府部门及时和种苗公司对接，让他们加快育苗并保证不涨价，村民起早贪黑尽早补种，这样才最大程度减少了损失。”洛城街道黄家村村支书黄春海说。

黄家村村委组织突击队筑堤坝、排水，没人叫苦叫累，老百姓也都很信服。“一开始村民都很无助，情绪不稳定。你抽你大棚里的水，我抽我的，但没有地方排水，等洛城街道把所有村子统筹组织起来，很快就把水排干了，群众的情绪也稳定了。让我感动的是村两委成员没有一个抢救自己家大棚的，洪涝开始的五天五夜大家都没怎么睡觉，都在想法设法为村民排水。”黄春海说。

大棚排水工作完成后，首先要做的就是对受灾大棚进行修复。为加快受灾大棚修复进度，洛城街道整合辖区内先进修补模式，总结出了大棚加固修补“五种模式”进行推广，并组织受灾村负责人实地学习这“五种模式”。“老百姓的智慧是无穷的，受灾群众因地制宜、就地取材加固修补大棚，创造了土袋修补法、面包砖修补法、土坯压实法、钢管加固修补法、混凝土加固法。寿光市推广的五种大棚修复方法，我们黄家村就占了三种，伴随着大棚修复的加速，灾后重建也加速了。”黄春海说。

目前，黄家村已经完全恢复正常的生活，村民都在自家大棚忙活着，日子又有了新奔头。

从灾难到机遇，转型升级

由于村子所在位置地势较高，而且村支书提前组织村民在洪水来临之前用沙袋堆积成大坝，挡住了洪水，稻田镇崔岭西村在这次洪涝中基本没有受灾。

在村民崔江元家的大棚里，彩椒苗长势旺盛，他家的大棚是智能标准化种植示范棚，与其他大棚相比，多了不少先进设备。“通过手机就可以查看大棚内的光照、温度、湿度情况，而且通过手机还可以实现灌溉、施肥、喷药等等。”崔江元拿着手机给我们演示。据了解，智能化大棚不仅减少了村民的体力劳动，节水省肥，而且还提高了蔬菜的品质。

崔岭西村还成立果蔬专业合作社，生产的蔬菜销往俄罗斯。据崔江元介绍，“合作社收购村民的蔬菜价格高于商贩的价格，通过汽车直接运送到满洲里口岸，然后再装车出口，既为村民解决了销售问题，又提高了村民的收入。”

据了解，在灾后重建中，寿光市把房屋重建与实施乡村振兴战略、美丽乡村建设结合起来，把恢复生产与推动产业升级、发展现代农业结合起来，与发展壮大村集体经济结合起来，以园区建设引领全市产业转型、以村庄重建带动美丽乡村提档升级，努力打造“寿光模式”升级版。寿光市将规划建设一批蔬菜高标准示范区等农业项目，实施水毁设施修复、全域河道防洪排涝等一批水利工程，以及房屋重建、特色小镇建设等项目。洪涝带来了灾难，但也能从灾难中寻找到发展的机遇，这次洪涝也必将推动寿光“大棚提档升级”。我们相信，类似崔岭西村智能标准化大棚，会在灾后的寿光大地上如雨后春笋般涌现，经历过洪灾磨难的寿光，未来将会更加美好！

【新华社（应急部宣教中心推荐）】

“智慧”遇上安监，生成了这里的“城市生命线”

新华网北京 7 月 1 日电（记者 张明宇）“平安中国”关乎 13 亿多人民的福祉。作为“平安中国”的细胞单元，平安城市的建设至关重要。在合肥等城市中，一套将安全监管与物联网、云计算、大数据、人工智能、互联网 + 等信息科技深度融合的智慧化平台和系统，正一刻不停地监测着城市的关键安全系统，默默守护着市民的幸福生活。

大数据 + 物联网捍卫“城市生命线”

随着中国城市化进程明显加快，城市人口、功能和规模不断扩大，发展方式、产业结构和区域布局也发生了深刻变化，城市运行系统日益复杂，安全风险不断增大。构建精细前端感知、精准风险定位、专业评估研判、协同预警联动的城市安全运行与管控精细化管理模式可有效降低事故风险，减损增效。

785 平方米的指挥大厅，210 平方米的指挥会商室，宽 16 米高 4 米的 DLP 显示大屏，60 套控制电脑，有关全市桥梁、热力、燃气、供水、消防等安全风险的数量、分布、管控措施等信息尽收眼底，随时可以第一时间预警并调度各部门进行应急处置，这套安全监管智能化平台被称作“城市生命线系统”，已在合肥投入运行一年多。

由清华大学合肥公共安全研究院研发的城市生命线安全运行监测系统，在全球首次建成了城市尺度灾害监测实验网，实现了对城市重要基础设施进行整体安全监测、预警和快速响应。

清华大学合肥公共安全研究院党委书记汪曙光介绍说：“仅合肥市实施的一期项目，监测中心每天实时采集与分析 30 多亿条数据。自 2017 年运行以来，平均每月发出各类预警 36 起，联动处置 15 起。2017 年 9 月 22 日成功避免一起燃气填充长度达 50 米的重大燃爆事故险情。此外，还发现供水预警 5 起，供水爆管预警 6 起，桥梁超载预警 792 起。”

“这对于有效提升安全风险防控效果是非常有帮助的”，汪曙光说。通过及时发现各种风险隐患，实现城市安全监管透明化、服务管理主动化，为城市安全健康运行保驾护航，民众的生活安全指数也会相应提高。

社会化服务云平台助力智慧安全城市建设

在对城市重要基础设施进行实时安全监测、预警的基础上，“城市安全云平台”进一步建立起来。“城市安全云平台”的服务对象包括“城市生命线系统”、重要经济单元、重要社会活动地理单元、重要社会管理单元以及社会大众等。

“维护公共安全体系，编织全方位、立体化的公共安全网，要从最基础的地方做起，要把基层一线作为公共安全的主战场。”汪曙光说。

“城市安全云平台”目前以消防安全服务为切入点，可以为企业、单位和家庭提供可管可控的消防安全托管服务。换个时髦的说法就是“智慧消防”。优于传统消防因管理低效分散、发现火情不及时、报警信息描述不清楚导致火情蔓延，耽误救援时间等问题，智慧消防可以实时发现火情信息并实现快速出警，有效节省救援时间，减少或避免火灾损失。

云技术和物联网技术高度融合的城市安全云平台，能有效支撑建设城市基础设施安全数据库，构建智慧安全城市体系，进而有效利用城市基础设施数据资源发展城市公共安全数据产业。“城市安全云平台”的运用使政府监管部门能及时掌握各生产经营单位的安全生产经营状况，有效提升安全监管与应急管理能力；企业通过智慧安监平台的使用，也能及时上报风险管控和隐患查治情况，进一步落实企业安全生产主体责任。

目前，“城市安全云平台”以30座城市的基础业务量为基准进行架构设计，满足覆盖安徽省多行业、多层次、跨领域、跨部门的城市群业务交互需求。“未来将逐步把安防服务、燃气安全服务等纳入‘城市安全云平台’，为社会单元提供更全面的安全服务与保障。”汪曙光说。

【中国气象报社（应急部宣教中心推荐）】

黄土坡生死一夜

——甘肃临夏“7·18”特大暴洪灾害应对纪实

■ **记者：贾静淅 倪永强 通讯员：韦伯龙 常静 马学文**

这是一场西部地区少见的强降雨。7月18日至19日，甘肃省临夏回族自治州成全省暴雨中心，雨量刷新当地有气象记录以来的历史极值。山洪、泥石流、洪水等次生灾害在几小时内同时登场，互为上下游的东乡族自治县、广河县成为重灾区。

这是一片生态环境极其脆弱的黄土地。临夏州常年受干旱与雨洪侵扰，缺水却又怕水。在这大禹治水足迹所至的最西端，人们千百年来一直在学习如何与自然相处。

一场暴雨，揭开了人与黄土、河川与沟壑之间的脆弱关系，也让人们重新寻找联结彼此的途径。当我们回望7月18日晚上暴雨最猛烈的那几个小时：有人一直盯着降雨趋势并研判影响，有人冒雨挨家挨户敲门组织撤离，有人与咆哮的山洪擦肩而过，有人在睡梦中再也没醒来……黄土坡上的生死一夜，有太多故事值得讲述。

雨，破历史极值

一条弯弯曲曲的巴谢河，自西向东把东乡县那勒寺镇、果园乡与广河县三甲集镇串了起来。“这河沟在地图上都找不到名字，平时干得能看见河床。”当地人说。

在 7 月 18 日的暴雨过程中，小河沟水位暴涨，变了模样。

这全赖此次暴雨的中心点——那勒寺镇。从当天 20 时起的一个小时之内，那勒寺镇下了 82.8 毫米的雨，这种强度，在甘肃省历史上都没有出现过。

“这种量级的雨如果落在南方，很快就会被植被根系吸附，可是落在甘肃尤其是黄土区，足以在小范围内致灾。”甘肃省气象局局长鲍文中说。

黄土存不住水啊！当地老人感叹。临夏州作为古代丝绸之路南道的要冲，曾繁极一时。而近代以来，水源短缺等问题不断涌现，这里生态环境日益脆弱，成为深度贫困地区。缺水到什么程度？多年前的东乡族曾有一个“习俗”：川区的东乡人到山区走亲戚，最好的礼物不是烟酒和点心，而是带上一壶水。如今，人们已能吃上自来水，但水问题依然严重。临夏州水土流失面积达 6892 平方公里，占全州总面积的 84%。

就这样，雨水快速滑过黄土、汇入巴谢河流往低处流去，地势较高的那勒寺镇虽经受最强降雨，却挺了过来。而下游 15 公里之外的果园乡则没有那么幸运，当日 21 时至 22 时，这里降雨量达 50.9 毫米，加之上游来水，险情一触即发。

彼时的东乡县气象台，预报员们死死盯着降雨数据和雷达回波图，高级别的山洪、暴雨、地质灾害风险预警和实况提醒相继发出。尽管之前的预报已让各级防汛责任人对这场雨有了心理准备，但要更精准地锁定量级和落区，仍需依靠动态的短时临近预报预警。

眼看着雨带不断东移、且从潜势来看那勒寺 – 果园一道川可能发生冰雹，县气象局局长祁晓龙再也坐不住了。雨量最大的几个地方，情况究竟如何？“走，去实地看看！”他拉上县气象台台长李云春，开着车一头扎进雨夜。

暴雨瓢泼的县道上，每隔一段就能看见小型滑坡点；满地掉落的树叶，证明可能已经下了雹子……沿途所见，一如所料。祁晓龙边接收值班同事提供的最新降雨数据，边给分管防汛的副县长打电话，一路走、一路汇报雨况。

彼时，沿线通信设备已受损，尽管手机信号一直断断续续，祁晓龙传回的最新实况与现场见闻，依然成为全县防汛指挥的最直接参考。很快，防范提醒靶向传递到可能受影响的几个乡镇，包括险情四起的果园乡。

21 时 10 分，果园乡安监站站长马珍刚收到气象局发来的雨情提示，镇政府的“行动令”就紧接着传来：“各村进入一级戒备状态，立即排查险情、转移危房住户！”

窗外雨势加大，他穿好雨衣雨鞋，拿上铁锹和手电，出门直奔宗罗村——那里地势更低，且曾在1983年发生过重大滑坡灾害，逢雨必重防。不只是马珍，全镇 11 个村的所有干部都动了起来。

然而此时，山洪已在上游来水、本地降水的助推下，加快了脚步。谁也摸不准，它会何时从哪个山沟里冲出来……

洪，直奔下游村庄

位于暴雨中心的山区，是山洪暴发的天然温床；延伸自暴雨中心的河沟，则极易发生洪水——山洪、中小河流洪水，这两大汛期不速之客，在 7 月 18 日那场暴雨中几乎同时现身。

果园乡陈何村村民何永龙没想到，山洪瞄向了距他家不远处的那条河沟，且如此让人猝不及防。

18 日 21 时 30 分，他收到在外打工的儿子不知从哪个群里转来的雨情提示，与马珍收到的正是同一条。“家里今晚不安全，先别着急睡觉。”儿子不放心，发来语音。与何永龙一样，村中的许多东乡族老人或独居、或带着小娃娃一起生活，儿女们不愿过“面朝黄土背朝天”的日子，常年在外打工。

灾害没给人留出多少反应时间。在何永龙收到语音仅 30 分钟后，山洪就冲毁公路，直奔河沟而来。一瞬间，全镇停电，巨大的轰鸣声淹没了村干部在街上的拍门声、哗哗的雨声、地上的流水声。何永龙的房子与山洪擦肩而过，半人高的泥水穿门而入，他深一脚浅一脚才爬到高处。

不幸的是，沟口有几户人家遭受正面袭击，连人带房被卷入泥浆。一片漆黑中，当马珍从别处赶来时，已很难辨出他熟悉的村中小路；人们来不及抚平惊魂，大声呼喊着家人、乡亲的名字，第一时间开始自救与互救……

几乎就在同一时刻，身处隔壁县城的广河县气象局局长傅正涛，眼皮一阵子跳。

此时的他，对果园乡的劫难尚不知情，但那一带的降水量却让他坐立难安——截至 22 时，那勒寺镇降雨量 108.6 毫米、赵家乡 69.6 毫米、果园乡 51.5 毫米，这意味着，洪水离下游不远了。

“上游沿线降雨量大，下游来水必定猛增，三甲集镇尤其是甘坪村，非常危险。”傅正涛给副县长白万林打去电话，道出担忧。三甲集地处巴谢河与广通河交汇处，一旦发生洪水，甘坪村首当其冲。

正是这通电话，让白万林当即决定，前往三甲集镇现场指挥。

作为主抓防汛的县领导，从前一天收到全州重大气象信息专报开始，白万林就密切关注着雨情，且关切点非常聚焦，即两河交汇处的甘坪村。动身之前，他专门去了一趟县气象台查看详细雨情、询问趋势。上下游降雨情况如何、还要再下多少？只有气象台最清楚。

边赶路、边部署，当白万林抵达三甲集镇时，甘坪村人声鼎沸。在村镇干部的组织落实下，一场大撤离已经开始。女人牵着孩子、男人拿着重要家当，有的就近投亲靠友，有的暂时去高处的安置点。200 余人成功转移仅半小时后，洪水撕破河堤、冲进村庄、灌入房屋，积水最深处达 1 米左右，但全村无一伤亡。

甘坪村是幸运的。洪水的远途跋涉、精准的提前研判、干部的机敏担当，让“灾前预防”有了足够的提前量。

只是，这样的“确幸”，仍难掩人们的错愕。这里最近一次发生洪水还是 20 世纪 70 年代。当站在高处看到洪水决堤、冲进家园，有人小声祷告、有人哭出了声。大家相互安慰着：家被淹了，人还在。

直到深夜，水才慢慢退去。整整一晚，村干部守在路口，拦住了所有想回家取东西的人。“险情不排除，绝不能擅自回家，一切等天亮再说。”

人，挺过不眠夜

“一切等天亮再说。”可是，对于或劫后余生、或奋力抢险的人们来说，这一晚太过漫长。

从甘坪村一路往东，在广通河畔的三甲集社区，社区书记马成明同样一夜未眠。18日晚，就在甘坪村被淹仅20分钟后，洪水漫过广通河堤岸，涌进该社区的近300栋楼房。

三甲集社区是当地最大的异地扶贫搬迁工程。2014—2018年，先后有共900个贫困户响应政策，下山入川搬到这里的新楼房中。“比住在山沟沟里好哩！”当地人说。在甘肃，类似于此的异地扶贫搬迁工程，成为近几年精准扶贫的重要抓手，一方面为恢复迁出区生态环境，另一方面则为改善生活条件。

三甲集古时曾被称为“西北第一集”，至今仍是临夏地区农村最大的商品流通市场和物资集散地。在这里安家，有奔头儿。

谁也没料到，新家还没“暖热”，就进了水。

巧的是，就在当天下午，镇上刚刚举办了面向所有村民的自然灾害防御演练与知识培训。洪水来临前如何转移、怎样自救，正是演练的重头戏。镇政府担心来参加的人不多，专门准备了雨伞作为奖品，送给所有来“捧场”的村民。

“雨下得不是很大，现在就组织撤离，难道是温习下午的演练？”在当天21时许接到镇政府电话时，马成明的内心还有过疑问。当走到广通河边，工作群里一再传来最新的上游雨情，再放眼看河里，原本长满杂草的河心洲被淹得不见了踪影，他才确信：这次是真的。

实战远比演练紧张。在镇政府组织下，应急大喇叭的声音响彻整个社区：据气象部门监测，上游降雨量大，广通河洪水风险高，请大家立即撤离到安全地带！

可是，实战却不如演练那般顺利。有人更愿意待在自家楼顶，有人还想回家拿财物，有人在慌乱中跌倒受了轻伤……好在，县政府高度重视，全县公安、防汛、消防等力量火速向社区聚集，人们很快归于有序，近千人不到1小时便转移完毕，全员平安。

那天晚上，马成明与同事一起守着安置在镇政府的群众，已经记不清是如何熬到了天亮。而同样挺过这个不眠夜的，还有很多人——

在东乡县气象局，值班人员在全市断电后拿出发电机，彻夜守着雷达站，只为确保临夏州唯一的一部天气雷达能 24 小时不间断运转，顺利采集数据、支撑预报；

18 日晚上安顿好转移群众后，三甲集镇的干部职工拿出铁锹，连夜开始清理淤泥，为的是尽早让村社面貌恢复如初；

在广河县抗洪救灾应急指挥部门口，一些当地餐饮企业天不亮就来支援，现场架起炉子熬汤、和面，为受灾群众和抢险工作者端上一碗碗热腾腾的牛肉面；

在遭受重创的果园乡，来自四面八方的救援者沿着河道找寻被洪水冲走的人，搜救工作不曾停止一刻，到天亮时已找到 20 多名伤者；

……

当暴雨与洪水退去，人们需要面对的灾后生活，才刚刚开始。7 月 19 日晚，果园乡终于恢复供电与网络。历经一夜惊魂，与外界“失联”一整天的马珍，发出了灾后第一条微信“朋友圈”：24 个小时经历了太多，人到最后最重要的，还是吃饭、喝水、生、死。

【电视中心】

“草台班子”管煤矿 “阴阳图纸”糊弄人

■ 作者：臧小文 邬忠 李天乐

【导语】今年以来黑龙江省煤矿事故多发，总死亡人数和较大事故起数全国第一，小煤矿淘汰进展缓慢，煤矿安全生产形势非常严峻。

为推动黑龙江做好煤矿安全生产工作，5 月 23 日，应急管理部派出明查暗访组对黑龙江省煤矿进行明察暗访。

暗访组对黑龙江省鸡西、双鸭山、七台河三地市及龙煤集团部分煤矿进行明查暗访。在与黑龙江省政府交换暗访意见时，暗访组用“触目惊心”来形容所见到的小煤矿管理现状。

【同期】你也知道这次事故是透水造成的，那么，透的什么水啊？我才来两个来月，来了以后就干活。

啥也不知道还行？那根本不知道，我是执行者啊，他让干我们就得干啊，我们就得听他的。

下井干活就得知道,你这个都不懂你怎么当矿长？他们找我来是来帮忙的。

你就是帮忙，帮忙不就是用你的技术来干活、来管理吗？让我怎么干就怎么干。

“让我怎么干我就怎么干”，同样的台词在不同人的口中再次出现。

【同期】你既没有勘查，也没有设计，也没有规程；应该有规程，应该有设计吧？但是我领导说不让我做，我就不做。

暗访组对东旭煤矿管理人员的逐一询问后发现，该矿管理人员均是急于复工复产而在近期临时拼凑的“草台班子”。

“生产矿长”向暗访组介绍，自己是春节后来到该矿工作的，煤矿生产断断续续、停停干干，自己没有经过相关培训，也没有资格证书。

无独有偶，暗访组在七台河市龙西煤矿的检查中，也发现了类似的问题。

【同期】现在你是这个矿的矿长吗？你叫什么？林斌（音）

你是矿长吗？你的（培训合格）证呢？有（培训合格）证？哪呢？有（培训合格）证，就是没有变更。

接受询问的矿长并没有在该矿的培训合格证里出现，而合格证中显示的矿长直至暗访组离开也没有露面。

除了利用临时搭建的“草台班子”应付监察监管之外，部分煤矿还绘制了“阴阳图纸”，一套图纸用于指导企业内部生产，另一套图纸用来迎接各种检查，通过弄虚作假，与监管部门和检查人员周旋，逃避监管和检查。

【同期】17 年对外真实图，有改完的真实图，有改完的新图，啥意思？18 年真实图在哪？别拿这种对外的图，哪个是真实图、最新的真实图纸？

暗访组在一办公室电脑中发现“龙西矿 2017 年对外真实图”字样的文件。随后，暗访组发现该矿利用迎检面应对检查，实际采掘作业地点不在该区域。

而在东旭煤矿，“5・26”透水事故所在的掘进工作面，在对外的图纸上并没有体现。再追问实际图纸时，“技术矿长”表示：现今，煤炭市场供需两旺，煤矿急于复产复工，检查的部分煤矿复产复工验收存在工作不严不细，验收时提供假图纸、假资料、假工作面、假密闭。

一直以来，煤矿的安全生产工作是我国安全生产工作的重中之重，国家相继出台了各项政策法规进行监督管控，但在实际生产中，违法违规生产现象仍不在少数。有的煤矿缺乏依法办矿、依法管矿意识。

今年以来，黑龙江省煤矿发生的 7 起事故多是因非法违法、违规违章生产所致，与 2016 年重庆市永川区金山沟煤矿“10・31”和内蒙古自治区赤峰市宝马煤矿“12・3”两起特别重大瓦斯爆炸事故暴露出来的问题极为相似。

暗访组在对七台河市茄子河煤炭公司八井的检查中，煤矿管理人员始终对井下有几个工作面的问题遮遮掩掩、支支吾吾。经调查发现，该矿安全监控系统未设置闭锁功能，采掘工作面回风流甲烷传感器断电值设置错误，甲烷传感器未及时调校（《煤矿安全规程》规定的最长调校周期为 15 天），未追查分析瓦斯浓度超限原因，在现场考查工人实操时查出，主通风机司机不会反风操作。

同样，在东旭煤矿和龙西煤矿的检查中，也发现了多种违法违规现象。龙西煤矿井口值班室里，记者看到电话线直接从房屋上方垂下连接电话。门口处，蜘蛛网般的电线缠绕在老式电闸刀周围，暖气片上还残存着捻灭的烟头。就在暗访组离开值班室到监控室检查的工夫，记者通过监控视频发现，有人在井口值班室里吸烟。

在此次明查暗访中，地方政府及部分煤矿还存在淘汰落后产能工作态度不坚决、淘汰进展缓慢等问题，按照国家去产能相关规定，黑龙江省 15 万吨 / 年以下煤矿要在今年底淘汰退出。但是截至目前，黑龙江省 9 万吨 / 年及以下煤矿都仍有 390 处，占 67.5%。

除此之外，煤矿主体责任不落实、重大灾害治理不到位等问题仍然突出。

【结语】

针对以上问题，暗访组责令黑龙江省七台河市地方小煤矿全部停产整顿；由地方安全监管监察部门对茄子河八井等煤矿下达执法文书，依法实施处罚；并要求重新开展煤矿复工复产验收工作，确保煤矿安全生产。